人生ムダなことはひとつもなかった

私の履歴書

橋田壽賀子

hashida sugako

大和書房

はじめに

この本は今年（2019年）の5月に日本経済新聞の「私の履歴書」に1か月連載されたのをまとめて1冊にしたものです。

最初に連載のお話をいただいたとき、「えっ、私が？」と大層意外でした。「私の履歴書」は朝刊の文化面で60年以上続いている人気のコラム。存じ上げている方が何人も登場なさっています。でもどこか他人事《ひとごと》でした。みなさん、すごい肩書の方ばかり。

それが不思議ですね。そのうち、私もそういう年齢《とし》になったんだなあ。遺言みたいなかたちで、人生の締めくくりとしてお話があったのかもしれない。有難いな……。そう思うようになってきたのです。

はじめに

一生懸命生きてきました。若かったときは無我夢中でしたが、今思うと、もうだめかなと思ったときに転機となる出会いに恵まれました。

仕事がない、お金もない、時間だけはたっぷりあったとき、一人でユースホステルに泊まって日本各地をずいぶん旅しました。それが「おしん」につながりました。脚本を書いても書いても採用されず、どん底かなと思ったとき、石井ふく子さんに紹介され、それが「渡る世間は鬼ばかり」につながっています。石井さんに会わなければ夫の嘉一《よしかず》と結婚もできませんでした。ほんとうに人生ムダなことはひとつもなかった。

新聞連載時には野瀬泰申さん、単行本では矢島祥子さんにお世話になりました。そして今回、50年以上も前に夫と連名で出した結婚挨拶状も巻末に入っています。ちょっと恥ずかしいですね。

2019年10月　大正・昭和・平成・令和と生きて

橋田壽賀子

目次

本書は日本経済新聞に連載された「私の履歴書　橋田壽賀子」（２０１９年5月1日～5月31日迄）に一部加筆し、「50年前の結婚挨拶状」を収録して構成致しました。

人生ムダなことはひとつもなかった

私の履歴書

夫の死

病名「肺がん」は明かさず

唯一の家族を失い
天涯孤独

36歳と41歳、共に初婚。結婚式はせず連名の挨拶状（160頁参照）だけ。

夫の死

誕生日の関係で5歳あるいは4歳下になる夫、岩崎嘉一の命の火が消えようとしていることを告げられたのは、昭和天皇の病状悪化で列島が自粛ムードに覆《おお》われつつあった1988（昭和63）年9月24日。「胸が痛い」というので慶應大学病院に入院して詳しい検査を受け、結果を担当医師に聞きにいったのがその日だった。

「左の肺に原発のがんがあって、横隔膜に転移しています。横隔膜のがんは手術しても取り切れず、手術の後は必ずほかに転移します」

夫はヘビースモーカーだったから肺がんになったのだろうか。

「肺腺がんといって喫煙とは無関係です。そして放射線治療も抗がん剤も効きません。余命は半年」。驚きの余り声も出なかった。

もしこのことを夫が知ったら自殺するのではないか。

「夫には本当のことを言わないでください。お願いします」

懇願する私に医師は渋々、「では肋膜炎《ろくまく》ということに」と答えた。

何をしても死を待つしかないのなら、夫には絶望ではなく希望の中で人生を全うしてほしい。私は夫にウソをつき通す決心をした。

そのころ翌年元日から始まるＮＨＫの大河ドラマ「春日局《かすがのつぼね》」の準備をしていた。だが夫の看病をしながら1年続くドラマの脚本を書き上げる自信はなかった。

私たちの仲人でもあるプロデューサーの石井ふく子さんに相談すると「いま番組から降りたら〝嘉一ちゃん〟は、自分ががんだって気づくかもしれないよ」と首を横に振った。

それまで私は熱海の自宅で仕事をして、夫は東京のマンションで私のマネジメント。週末だけ熱海に帰るという生活だった。

夫ががんになって入院しているというのに、これまで通り熱海で一人、

夫の死

原稿用紙に向かうことができるのだろうか。不安と恐れを抱えて、ひたすら夫に本当の病名を知られないよう、薄い氷を踏むような日々を送った。

夫は入院している間、見舞客と病院のレストランに出かけて、うなぎやすしを食べ、ビールを飲むこともあった。自分は肋膜炎なのだし、手術もしないことだしと、将来を楽観していたからだろう。退院して熱海の家で療養しているときも畑に出て野菜や花々を育てていた。

だが病魔は少しずつ夫の命を削っていた。夫のおなかに水がたまり始めた。やがて足の痛みを訴えるようになり、私は仕事のことを忘れて夫の足をいつまでもさすった。

89年1月1日に放送された「春日局」の初回の視聴率は歴代大河の中で最低だった。落ち込む私を「誰が元日のドラマなんか見るもんか。次から絶対上がるよ」と、長くTBSでテレビの仕事をしてきた夫は励ましてくれた。

夫のさりげない心遣いに支えられて「春日局」の最終回を書き終えた9月26日、私は夫の死に装束の白羽二重を注文した。医師から覚悟を決めるように言われていた。

その夜、病室を後にする私に夫は「バイバイ、またあしたね」と笑顔で手を振った。それが還暦を迎えたばかりの夫が口にした最期の言葉だった。

私は若くして両親を亡くしている。一人っ子なのできょうだいもいない。そしてたった一人の家族だった夫を、こうして失った。

本名、岩崎壽賀子。94歳。脚本家。天涯孤独。

ソウル生まれ

幼いとき両親と離れ「捨てられた」

東京の伯母宅に
預けられる

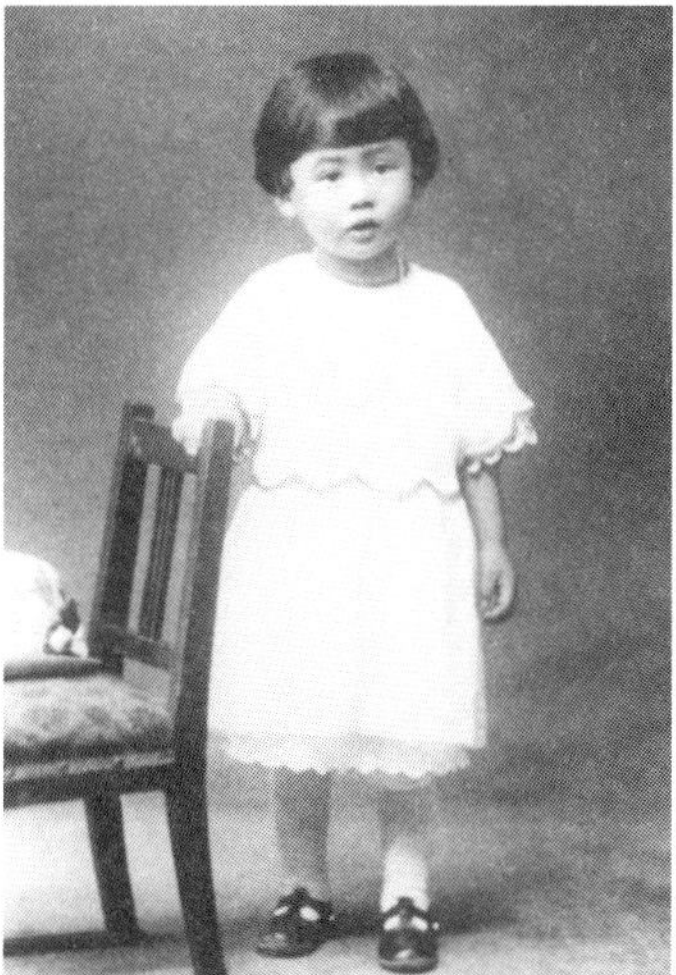

3歳のころ、ソウルの写真館で

1925（大正14）年5月10日、私は日本の植民地だった朝鮮の京城（ソウル）で産声をあげた。父菊一34歳、母菊枝が35歳。子宝に恵まれず養子をもらおうかと話し合っている矢先に、結婚7年目でようやく生まれた娘だった。

父は愛媛県今治の漁師の長男だったが、家業を継がずに朝鮮に渡り、そのころは重晶石《じゅうしょうせき》の鉱山を経営していた。

重晶石はバリウムの原料だそうだが、当時どんな使われ方をしていたのか私は知らない。どこからか手に入れた砂金を庭先に据えた炉で溶かし、金の小粒をこしらえていた父の姿を覚えている。

母は徳島県の藍園村《あいぞのそん》（現藍住町《あいずみ》）の農家の娘だった。当時は高価で操作も難しかったミシンの先生として袴《はかま》姿で働いた。

昔のキャリアウーマンだったせいか「行きそびれ」になった。自分の姉が堺の家に後妻として嫁いだのだが、亡くなった先妻には弟がいて「朝鮮にこんな男が」というので、相手の顔も見ずに結婚したという。それが父だ。

母が切り盛りするお土産店「朝鮮物産」が、当時の本町通りと明治通りの交差点にあった。父が結婚を機に母のために開いた店で、陳列棚の隙間の奥に2畳の和室があり、昼間はそこで過ごした。

周辺には日本人向けの商店が立ち並び、三越百貨店（現新世界百貨店）も近くにあったから、東京の銀座みたいな一等地だったのだろう。

道を挟んだ書店で立ち読みし、時計店の鉄柵で逆上がりの練習をした。

自宅は坂道を上ったところにあり、冬になって坂道が凍ると板や筵《むしろ》を敷いて滑ったものだ。

家では2人のオモニ（おばさん）を雇っていた。そのオモニがときどき自分の家に私を連れて行った。3歳だった私はおなかがすくと「パンモゴ」と言う。するとオモニが何かの葉っぱにくるんだ混ぜご飯をくれた。

父と一緒の時間は少なかった。言葉を交わした記憶もほとんどない。かわいがってもらった思い出もない。「お父さんは偉い人だから、あまりしゃべらないんだ」と思っていた。たまに父が仁川《インチョン》の海水浴場に連れて行ってくれると、きまって熱が出た。

小学校に上がる少し前、1930(昭和5)年ごろのことだった。母に連れられて汽車で釜山《プサン》に行き、そこから関釜《かんぷ》連絡船に乗った。以前にも堺の伯母を訪ねて日本と行き来したことがあったから、鉄道も船も好きで、中でも連絡船のライスカレーやコロッケが好物だった。

しかしそのときの行き先は堺ではなく東京だった。戸越銀座で酒屋を営む母の次姉に預けられることになったのだ。母は「おばちゃんの言うことをよく聞きなさい」と、それだけ言い残してソウルに帰った。

東京に向かう前、ソウルの家で父と母が「おまえが育てろ」「あなたが育てて」とやり取りしていたのを耳にしていたから、父と母の両方から捨てられたのだと思った。

子どもがいなかった戸越の伯母は、私を実の娘のようにかわいがってくれた。やがて宮前《みやまえ》尋常小学校（現宮前小学校）に入学した。でも伯母が送ってくれないと学校に行かない。行っても伯母の姿が見えなくなると追いかけた。

両親に捨てられたと思い込んでいた私は、おばちゃんにも捨てられることを幼い心の中で一番恐れていた。

3度の転校

堺の小学校でいじめ

母とケンカしては
子供部屋に籠城

ソウルの小学校時代（後列左端）

3 度の転校

戸越銀座での日々は楽しかった。一番の思い出は、休みの日の銭湯の脱衣所で開かれる紙芝居大会だ。普段は街のあちこちでやっているおじさんたちが、入り代わり立ち代わり紙芝居を演じるのだ。伯母さんにもらった小遣いで酢昆布や水あめを買って、一日中見ていた。あのころは「黄金バット」が大人気だった。

お姉さんが音頭を取って、町内会の子どもたちだけでお芝居をした。私に役が回ってくることはほとんどなかったが、いつも王女さまの王冠やお姫様の髪飾りといった小道具を作っていた。

1学期を終えた夏休み、ソウルから母が突然やって来た。

「お父さんとまた暮らせるようになったから帰るよ」

そう告げられたとき、私は悲しくなった。せっかくできた友達と別れなければならない。紙芝居も見られなくなる。ソウルに戻っても会いたい友達はいない。でも私にはどうすることもできなかった。

ソウルの街は以前と変わっていなかったが、母が切り盛りしていたお土産店は閉じていて、家も以前の一軒家ではなく長屋に移っていた。

どうして私は伯母に預けられたのか。店がなくなったのはなぜか。父と母の間に何があったのか。疑問は次々に湧いてきたが、子ども心に「聞いてはいけない」のだと思っていた。

転校先は東大門《トンデムン》市場に近い東大門尋常小学校だった。家から歩いてすぐのところにあって、先生は優しかった。友達もできた。穏やかな毎日が過ぎて3年生を終え、4年生になる直前のある日、「堺の伯母さんの近くに引っ越すよ」と母が言った。

「お父さんも一緒?」「お父さんはここに残るのよ」

母は「戦争が激しくなって教育環境が悪くなった」というようなこと

を話していたけれど、それは本当の理由ではないような気がした。心にわだかまりを抱えたまま母と堺の大浜というところに転居した。

浜寺《はまでら》の伯母の家に近い洋館が新しい住まいだった。その家は父が買ったのか、それとも借家だったのか知らなかったが、私には板張りの部屋があてがわれた。生まれて初めて手にした「自分だけの部屋」だった。

本当は地元の小学校に通わなければいけなかったのに、伯母の家に寄留して、名門と言われていた浜寺尋常小学校に転校した。

父は2カ月に一度、堺の家に姿を見せたが、数日いるだけでまたソウルに戻った。家では黙って上座でご飯を食べ、そのまま出かけることもあった。そんな父だったけれど、母は「ご飯が食べられるのはお父さんのおかげだよ」「学校に行けるのもお父さんのおかげだよ」と繰り返した。自分自身に何かを言い聞かせているようにも響いた。

ソウルで育った日本人の子どもにはお国なまりがない。そこで先生は「標準語で国語の教科書を読んでみなさい」と言った。先生に悪気はなかったのだろうが、標準語を話す私はクラスでいじめられるようになった。面白くない日々。何かとうるさい母とけんかすると、焼き芋をご飯代わりに自分の部屋に籠城した。

ある日、学校で私をいじめる女の子の髪の毛をつかみ引き倒してケガをさせた。その子の父親は検事だった。見舞いの品を手に謝りに行った母は、すぐに転校の手続きを取った。

堺高女

作文は苦手、母の代作が入賞する

軍国少女
提灯行列で「万歳」

与謝野晶子も出た府立堺高女の制服は洋装だった。部活はバレーボール部

転校先は本来の校区である英彰《えいしょう》尋常小学校だった。学校は嫌ではなかったが、母がうっとうしかった。帰りが遅いとすぐに学校に電話する。小遣いの使い道も細かく聞く。

台所に入ることも許されなかった。食事を作っているところを子どもがうろうろするのは卑しいことだと躾《しつ》けられた。

魚屋や八百屋が大八車《だいはちぐるま》に荷を積んで御用聞きに来ても魚や野菜を見るのはだめだった。お菓子も私に選ぶ権利はなかった。ご飯も何が食べたいかは聞かれない。出て来た料理を黙って口に運ぶしかなかった。

私が一人っ子だから寂しがっているのではないかと思ったらしく、近所や学校の子どもたちを何人も呼んで、お菓子を出しノートを配った。私が誘ったわけではないし、特に仲がいいわけでもない。ただ気詰まりなだけだった。

父はたまに帰ってきても普段は母子家庭。その寂しさを私を構うことで紛らわせていたのではないか。後にそう思うようになったのだが、あのころは母が嫌いだった。

小学校も高学年になり高等女学校への進学を考える時期になった。担任の男の先生は「橋田君、君の成績では府立は無理だ。私立ならいいだろう」と言った。確かに私でも合格しそうな私立の女学校はあったけれど、そこはお嬢様学校だったから、行く気はさらさらなかった。「与謝野晶子も出た府立堺高女に行く」と決めた私は、柄にもなく猛勉強を始め、そのおかげで「絶対大丈夫」と言われていた同級生は落ちたのに、私は合格した。

その年、つまり1937（昭和12）年12月13日、日本軍は日中戦争の相手である国民政府の首都、南京を占領した。

首都が落ちれば戦争は終わると信じられていたから、この報に日本中が沸き立った。翌14日に堺で行われた提灯《ちょうちん》行列の中に私はいた。政府や軍部や大人を疑うことを知らない軍国少女だった私は「バンザーイ、バンザーイ」と声をからして叫び続けた。

戦時下とはいえ部活動はまだ盛んで、私はバレーボール部に入った。9人制だったが、私はいつも補欠だった。だから少々さぼってもとがめられなかったし、遠征となれば13人まで行けるので、私もお供ができた。しかも勝てば何かの賞品までもらえた。

国語は好きだったが作文は苦手。兵隊さんに送る慰問文の課題が出ると、母に「書けないから書いて」と頼む。母の代作がコンクールで入賞したことがあった。裁縫も同様で、母が縫った羽織が私の名で一等を取った。数学もからっきしできなかった。

主に体操と音楽で点数を稼ぎ、成績の辻つまを合わせていた。音楽会には音楽の成績がいい女学生が出ることになっていて、入学してから3年生まで毎年講堂の舞台に上がり「椰子《ヤシ》の実」「荒城の月」「花」などを歌った。

何年生のときだったろうか。淡路島へ遠足に行く船に乗っていた私に母から電報が届いた。ドキドキしながら開くと「ヤキブタタベルナ」とある。急に暑くなったので、弁当に入れた焼き豚が傷んでいるのではないかと心配して電報を打ってきたのだった。

高等女学校の高学年なら、許嫁《いいなずけ》がいてもおかしくない年ごろだったのに、母の溺愛と過保護はやまなかった。

丸めがね

容姿を悲観、友人は持たず

戦時下
もんぺと下駄で通学

軍国少女だったころ、堺の盛り場で（左から2人目）

丸めがね

私は友人がいない女学生だった。誰かと話していても、相手の気持ちを害さないかとそればかりが気になる。好かれなくとも、嫌われるよりいいから、友達を持たないことにした。堺高女には食堂があったが、行ったことがない。弁当を一人で食べた。

黒板の文字が見えづらくなり眼鏡をかけたのは小学2年生のときだった。近所のおばさんが「壽賀子ちゃんのヒカンはどこ?」と聞いた。「ヒカン」は「悲観」で、劣等感のことだと思った私は鼻に指を添えた。するとおばさんは「目千両なのにね」と大きな丸めがねの私を笑った。私は自分の容姿をずっと「悲観」するようになった。

そんな私だったので、およそ恋などとは縁がなかった。近くの堺中学の男子生徒の一団と道ですれ違うと「キューピー、キューピー」とはやされた。私の髪の毛が縮れているからだった。

先生からも「コテ、当ててないか？　伸ばして来い」と言われた。母が湯のししてくれてもまた元に戻る。母が先生に「この子は生まれつきなんです」と説明して、ようやく沙汰やみになった。

一度だけ本屋で立ち読みしていたら、肩ひものついたテント地のカバンに手紙が入っていたことがあった。「駿河屋で会いたい」とある。駿河屋というのは与謝野晶子の生家だ。でも当時は男子学生と一緒に歩くだけで校則違反。結局は何事もなく終わった。

1941（昭和16）年12月8日、真珠湾攻撃の報がもたらされ「大勝利」という大本営発表に学校中が熱狂に包まれた。ところが4年生だった私はこの日行われた定期試験を「おなかが痛い」という理由でさぼっていた。「追試のほうが易しいだろう」と計算したからだった。

「そんな大事な日に学校に行かなかった私は、日本人として、してはならないことをした。これからはもっと戦争に協力しなくては」と軍国少女に拍車がかかった。

その日を境に制服がもんぺに替わった。「電車通学は原則禁止」となり、私は下駄《げた》を履いて片道6キロを歩いて女学校に通い始めた。

行軍のように、堺市内にある仁徳天皇陵の周囲を歩く行事があった。午前4時に学校を出発し、奈良の橿原《かしはら》神宮まで歩いたときは着いたのが午後7時で、全員が動けなくなるほどの強行軍だった。

戦地の兵隊さんに送る慰問袋を縫い、中に入れる慰問文を書く。道行く人に千人針を縫ってもらうため、堺の駅前に立つこともあった。縫ってくれるのは女性ばかりなのだが、不思議なことに美人のところに人が集まった。

最終学年の5年生のとき修学旅行で東京に行った。のんきに旅行をしている時代ではなく、名目は「宮城（皇居）の草むしり奉仕」。浅草の旅館に着くと戸越銀座の伯母が、すでに貴重になっていたお菓子を持って来てくれた。

みんなで分け合ってにぎやかに食べていると、突然けたたましく空襲警報のサイレンが鳴った。外は灯火管制で真っ暗。旅行気分は吹き飛び、日程を切り上げて堺に急ぎ戻った。

卒業を控えて憂うつなことがあった。私が卒業したら結婚させようと母が考えていることだった。たまに来るソウルの父からの手紙にも、そんなことが書いてあるのを知っていた。

東京へ

母の過干渉を逃れたくて

ウソをつき
日本女子大を受験

若き日の母、菊枝

親が決めた人のところにお嫁に行くなんてまっぴらご免だった。干渉を繰り返す母と暮らすのも苦痛だった。それから逃れるには東京に出るしかない。高等女学校の上に専門学校があって、その中から目白にある4年制の日本女子大学校を選んだ。

日本女子大は大阪でも入学試験をやっていた。試験当日、「友だちと出かける」とウソをついて家を出た。出がけに母と口論になり、重い気分のまま答案用紙に向かったので、てっきり落ちたと思っていたのに合格通知が届いた。

それを見た母はもちろん大反対した。それから毎日けんか。戸越の伯母に助けを求める手紙を出すと「親のありがたみがわかってすぐに戻って来るよ」と母を説得してくれた。たまたまソウルから戻っていた父も「好きにさせてやれ」と言った。

東京へ

出発の日が目前に迫ったある明け方、トイレに立ったら居間に電気がついている。そっとのぞくと母が夜通し私のネルの寝間着を縫ってくれていた。居間に入ろうとした私は足を止めた。母が声を殺して泣いていたからだった。

東京へは大阪から鈍行の汽車で向かった。狭い座席で荷物をほどくと番号を振った弁当が5つも出て来た。

1番は私の好物のローストビーフ。5番は牛肉のつくだ煮。傷みやすい順に食べるようにとの思いやりに胸が痛んだ。だが「引き返そうか」という心の声をよそに、汽車は東京へとひた走った。

17歳の春、私は国文科の1年生としての生活を始めた。地方からの入学者は全員寮に入ることになっていた。自己紹介の席で「いい学校にはめていただきまして、ありがとうございました」と挨拶《あいさつ》すると、一斉に笑いが起きた。

「はめていただきましたって、学校は指輪ではございませんことよ」

そのときから自分の堺なまりがコンプレックスになり、懸命に東京の言葉づかいを覚えた。

食事は自分たちでつくるのだが、台所に立ったことがなく包丁の握り方さえ知らない私を、家政科の先輩が丁寧に教えてくれた。20人ほどが部屋の真ん中に置いたお櫃《ひつ》を囲んで座る。一人っ子で食べるのが遅い私がお代わりしようとすると、いつもお櫃は空っぽだった。

食べるものが極端に不足していた時代だったのに、どこで手に入れたのか、母は甘納豆やおかき、蒸しパンなどを送ってくれた。それを押入れにしまい、我慢ができなくなると、そっと取りだして口に運んだ。蒸しパンは樟脳《しょうのう》の匂いがした。

東京へ

1945（昭和20）年3月10日、私はご飯を食べさせてもらうため、戸越銀座の伯母の家にいた。空襲警報が鳴り響いて、B29の大編隊が東京の下町に焼夷弾《しょういだん》の雨を降らせて去って行き、下町が紅蓮《ぐれん》の炎に包まれるのが戸越からはっきり見えた。「あの火の海の中で何人が焼け死んでいるのだろう」。叫びたいような悲しみに包まれた。

大学はすぐに閉鎖になった。同じ屋根の下で同じご飯を食べた友人たちとばらばらになる。一生会えなくなるかもしれない別れだった。食堂のテーブルを囲み、涙声で「また会う日まで　また会う日まで」と、賛美歌「神ともにいまして」を歌った。

大阪行きの汽車は、沼津が空襲を受けたというので長い間止まった。空襲は日常茶飯事になってはいたが、それでも日本は勝つと信じていた。

玉音放送

思わぬ敗戦、理解できず

海軍経理部で
戦後処理の書類を燃やす

大阪で終戦を迎える。海軍では一時帰郷する兵士に列車の切符を出すのが仕事だった（後列右2人目）

堺の家に帰れば、また母といさかいを繰り返しながらの生活が始まる。憂うつだった私に救いの手を伸ばしてくれたのはソウルの父だった。父の紹介で大阪の蛍池《ほたるがいけ》にある大阪海軍経理部に、下宿付きで「理事生」として採用された。

理事生はコネで入ったと思われる良家の子女ばかりで、軍属だったらしい父はどこかに手を回して、私を押し込んでくれたのだろう。

世間から食糧や生活物資がほとんど消えてしまったというのに、経理部の倉庫は物資であふれていた。食事や生活用品に困ることがない天国のようなところだった。

兵隊さんに列車の切符を出すのが私の仕事だった。申告に基づいて出発地と行き先を書類に書き込み、判子を押す。行き先を見れば「この人は特攻隊だな」というようなことがわかった。

空襲警報が鳴ると部長の少将の貴重品を持って防空壕《ごう》に走った。隣は男子学生が動員されている軍の施設で、敵機の機銃掃射で学生が亡くなることもあったけれど、私は死が怖くなかった。「爆弾が落ちてもいいや。これが戦争なんだ」と思っていた。

1945（昭和20）年7月10日、空襲で堺も焼け野原になった。一人で暮らしている母の安否に気をもむ私に、上司は「見に行って来なさい」と言った。しかも自動車まで出してくれるという。

焼け落ちた家々を縫うように車は走り母が住む家に着いた。家は燃え尽きて、母の姿はない。周囲の土はまだ熱かった。

そのうち「広島に特殊爆弾が落ちた」「大変な爆弾らしい」という話が伝わり、将校たちが緊張に包まれた。すぐに「黒い防空頭巾を作れ」という命令が下され、私たちがミシンを総動員して頭巾を縫っていると

「今度は長崎がやられた」と聞かされた。

下宿のご主人は慶應ボーイだった人で、はばかることなく「この戦争は勝てないよ。覚悟しておいたほうがいい」と言っていたが8月15日、それが本当になった。経理部が使っていた学校の校庭に集まれという命令で、200人ほどの理事生が整列した。

現れた将校たちは、将校の命とも言える腰の短剣を外している。異様な光景に「なんで丸腰?」という不吉な疑問がわいた。

聞き取れない玉音放送の後で「戦争に負けた。諸君はすぐに戦後処理に当たれ」という訓示があった。幹部はいち早く敗戦を知り、善後策を協議した上で、私たちにそのことを指示したのだろう。

「アメリカ兵が上陸して来る」というので、直後から校庭に大きな穴を掘って三日三晩、書類を燃やし続けた。ススまみれになりながら「戦争に負けたというけれど、それはどういうことなのだろう」と考え続けた。アメリカの兵隊が日本を占領する。そして日本人がみんな死ぬ。そんなイメージしか浮かばない。

そのうち浜寺の伯母から「お母さんを預かっている」という知らせがあった。母は空襲で目をやられたが、逃げおおせて命に別条はないという。ほっと胸をなで下ろした。

米軍は一向に姿を見せず、特にすることもないまま10月になり、女子大が再開されることを知った。経理部からもらった退職金、制服の生地、食べ物を手に、大阪から鈍行で東京に向かった。

山形・左沢

食糧求め貨車で親戚宅へ

「米１俵で奉公」
胸突いた昔話

後に「おしん」のロケ地になる最上川

大阪から東京に向かう夜行の鈍行列車の混雑は殺人的だった。戦争が終わり疎開先から都会の家や職場に戻ろうとする人たち。ふるさとを目指す兵隊さんたち。親戚や知人を頼って行く人たち。様々な乗客が、運行本数が減った列車に殺到した。

私は座れたが、そうでない人々は男も女も、大人も子どもも車内の隙間という隙間を埋め尽くした。網棚に幼い子どもが寝ている。私と向かいの乗客の足元でも誰かが横になっていた。

ようやく東京にたどり着き、大学がある目白台に行ってみると奇跡的に校舎も寮も無傷で、10人ほどの学生が自炊しながら授業が始まるのを待っていた。

食糧の配給は山菜のウドだけで、先輩たちが料理してくれ「皆さん、ウドで我慢あそばせ」と言うのだが、来る日も来る日もウドだけでは体がもちそうになかった。

戸越銀座の伯母が、養子の実家がある山形県の左沢《あてらざわ》町（現大江町）に疎開していた。そこに行けば食べ物にありつけるかもしれない。いとこと2人で出かけることにした。

といっても戦後の混乱はすさまじく、上野駅で切符を求める人々の行列はほとんど進まない。駅のトイレは汚かったから、できるだけ我慢して並んだ。そして手元には食べるものがなかった。

空腹に耐えていると、列の近くにいた同い年くらいの女の人が「これ食べますか？」と私たちに言った。手にはチョコレートや飴《あめ》、乾燥したバナナのようなものがあった。進駐軍からヤミで手に入れたのだろう。それを口に運んだとき、心が救われる思いだった。行列のあちこちで、わずかな食べ物を分け合う光景が見られた。

2日間行列して手に入れた切符で乗ったのは小麦粉を運んだばかりの貨車だった。床があるだけの貨車に何十人も詰め込まれ、こぼれた小麦粉のせいで体中が真っ白になった。トイレがないから汽車が止まると、いとこと線路に降り、互いに風呂敷で目隠しして草むらで用を足した。

米沢から山形。そこから左沢線に入って寒河江《さがえ》を通り、終点が左沢だった。私たちが着くと伯母が疎開している材木問屋の使用人が荷馬車で迎えに来てくれていた。

材木問屋に向かう途中は一面、風にそよぐ稲穂の海だった。山形にはこんなにお米がある。「国破れて山河あり」という言葉が浮かんだ。

材木問屋に着くと養子の姉というおばさんが小豆のあんこで包んだおはぎをこしらえて待っていてくれた。

ひもじい毎日を送っていた私たちは夢中で食べた。するとおばさんは

「そんなに食べるな」という意味のことを言い、きな粉にゴマ、クルミ、枝豆を潰した「ずんだ」と七色のおはぎを大皿で運んできた。私たちは息をのんだ。

世話になっている間、そのおばさんはよく昔話をしてくれた。「この辺りでは、ついこの間まで小作人の娘は小学校を出るか出ないかの年になると、米1俵と引き換えに奉公に出たものだ。雇い主からもらう船賃は親にやり、うちの商品の材木で組んだ筏《いかだ》に乗って奉公先まで最上川を下って行ったんだね。普段口に入るのは大根飯ばかり。それは貧しかったよ」。

おんば日傘で苦労もなく育った20歳の私は、ただ胸を突かれた。

早大入学

親の決めた結婚はイヤ

歌舞伎に魅了され
演劇専攻

日本女子大学校卒業後、早稲田に入学したころ

山形の左沢で聞いた昔話は私を揺さぶった。農家では長男が家を継ぎ、次三男はよそに働きに出た。まして娘たちは口減らしのために幼いころから奉公に行くのが当たり前だった。赤ん坊を背負って子守をしながら学校に通う姿も珍しくなかったという。

都会育ちの私が知らないもう一つの日本の歴史がそこにある。私は「すごい話だな」と胸に刻んだ。

左沢から東京に戻ると卒論の準備が待っていた。私は国語が好きで、何かをこつこつ調べることが苦にならなかった。そこで選んだテーマは「新古今和歌集における『つ』と『ぬ』の研究」だった。過去形の研究なのだが、指導を受けたのは有名な国語学者になる大野晋《すすむ》さんだ。大野さんは親戚の友人だった。

卒論を書き終えたものの、心は晴れなかった。というのも、両親は私が卒業したらすぐに結婚させるつもりでいて、すでに結婚相手を決めていた。相手はソウルから帰国した父の助手だった。

戦前、酒屋だった戸越銀座の伯母の家は、戦後になって酒のヤミ販売とアミノ酸が主成分の代用醤油《しょうゆ》を製造して潤っていた。タンスには10円札が詰まっている。「堺には絶対帰らない。伯母の厄介になって大学に行こう」

大野さんのような国語学者になりたくて東京大学の国文科を受験したが失敗した。それでも早稲田大学文学部の国文科に合格し、1946(昭和21)年春、当時専門学校の日本女子大学校を卒業して早稲田の学生になった。

戦争で教員不足だったのか、先日まで女子大で顔を合わせていた教授が早稲田に教えにきていた。同じ講義をまた聴くのだからつまらない。

早稲田には歌舞伎の研究で知られる河竹繁俊《かわたけしげとし》先生がおられた。先生を仰ぎ見て「歌舞伎の勉強もいいなあ」と思うようになったが、そのためには芸術科へ転科する必要がある。先生に相談するとあっさり認めてくださり、芸術科の演劇専攻に移った。

歌舞伎が面白くて、築地の「東劇」の3階席に陣取り、同じ演目を月に3回も見たこともある。ある日、先生が「橋田君は今度の講義に出なくていいから」とおっしゃった。後で聞いてみると「衆道《しゅうどう》」の話だったそうだ。

2年生になって、同じクラスの齋藤武市《ぶいち》さんが耳寄りな話を持ってきた。「松竹が脚本部員を公募しているんだ。月給をもらって脚本の勉強をさせてくれるんだって。受けてみようか」

戦争が終わって平和を手にした日本人は、娯楽を映画に求め、作れば作るだけ客が入った。しかし映画関係者からも多くの戦死者を出していたから人材不足は深刻だった。そこで映画各社は大量の新人をほしがっていた。

松竹の大船撮影所脚本養成所が研究生を募集していた。定職のない私には給料をくれて何かを教えてくれるということが魅力だった。

試験会場となった大船撮影所に近い小学校のすべての教室を、1000人を超す応募者が埋めた。齋藤さんと隣り合わせに座って、答案用紙に向かう。齋藤さんが「『マダムと女房』か。これは日本初のトーキーだね」「寿々喜多呂九平《すすきたろくへい》は脚本家第1号」と正解を教えてくれる。

試験監督は新宿の喫茶店で顔なじみの助監督だったから、見て見ぬふり。

就職

松竹脚本部、初の女性社員

「不合格に」と
母が会社へ手紙

京都撮影所に配属される。映画はもともと男社会、
女性脚本部員は歓迎されなかった（右から2人目）

親の反対を押し切って早稲田に入った私は勘当同然で、生活費も送られて来なかった。頼りは戸越銀座の伯母だけ。一家の母屋の隣に建てた掘っ立て小屋に居候し、伯母が手がけていたアミノ酸の代用醤油を売り歩いた手間賃でその日その日をしのいでいた。そんな生活だったから、松竹がくれるという給料に引かれて受験したのが本音だ。

1000人余りの受験生の中から50人が残り、半年後に25人に絞られた。助監督候補だった松山善三さん、齋藤武市さんらは演出部門に移っていった。松山さんはハンサムで真面目な方。いつも熱心に映画の話をし、私はそんな松山さんに夢中になった。といっても何がどうなろうはずもなく、片思いは片思いのまま消えた。

最終選考を兼ねて脚本を書く課題が出た。戸越の伯母には12歳下の夫、私にとっては義理の伯父がいた。子どもがいなかったから山形の材木問屋から養子をもらっていたのに、伯父には家の外にもう一つ家があり、5人の子どもまでいることが発覚したのが、ちょうどそのころだった。

そんな騒ぎを題材に脚本を書いたら「面白い」ということになって、松竹脚本部に採用された。採用されたのはたったの6人で、女性は私だけだった。婦人雑誌のインタビューを受け、グラビアで取り上げられたりした。

これでずっと東京で暮らせると思った矢先、大船撮影所の城戸《きど》四郎所長に呼び出された。所長は1通の封書を手に「お母さんは君を不合格にしてほしいそうだ」と言う。

母は「娘は我が家の大切な跡取りです。映画のようなやくざな社会に入れるわけにはいきません。不合格にしてください」と書いてきたのだ。

私は「母が敷いたレールの上を走るのはいやです。どうか不合格にしないでください」と何度も頭を下げた。

城戸所長はふと思いついた様子で「京都撮影所ではどうだろう。実家も近いし、通えるんじゃないか？」と妥協案を出し、私は下鴨の京都撮影所に行くことになった。堺の家に戻ってみたものの、案の定2日後には母と口論になり、撮影所に近い北白川に下宿を見つけた。

京都に住んでいては東京の大学に通えない。早稲田大学の2年生になっていたが中退した。

新人ながら脚本部員となれば、新作に携わることができるのではと思っていたのだが、それは甘かった。京都には戦前からのベテランの「先生」が何人かいて、若手はその手足になる役回りだった。

「このシーンはおまえが書け」と言われて資料を調べ、下書きし、最後は清書する。それらをつないで脚本が出来上がる。なのに、もちろん助手の名前は全く出ない。

その上に私は初の女性部員なので風当たりがきつかった。もともと映画は男の世界で、制作部門に女が加わることに強い抵抗があった。

仕事は先生の家に行ってするのだが、ある先生は「女に映画のホン（脚本）が書けるわけがない」「女のくせに映画の世界に足を突っ込むなんて」と面と向かって私に毒づいた。

その奥さんも私をお手伝いさん代わりにこき使う。犬の散歩までさせられたので腹立ち紛れに犬を蹴飛ばしたら、それがばれて奥さんに大目玉を食った。

撮影所

女をバカにする男に嫌気

雑誌「少女」に連載
幸運の兆し

人気雑誌「少女」に連載していたころ（後列中央）

松竹の脚本部員になったのはいいものの、今で言うパワハラの連続で参っていた私だが、少しはいい思い出もある。1950(昭和25)年9月に公開された大庭秀雄監督の「長崎の鐘」の脚本を手伝った折のことだ。大庭監督は大船撮影所の方だが、このときは京都で撮影した。監督が陣取る旅館「鮒《ふな》屋」の一室が仕事部屋。東京の脚本部の中心だった新藤兼人《かねと》さんから届く構成に沿って、先輩脚本家の光畑碩郎《せきろう》さんと私が各シーンを組み立てた。大庭監督は新しい考えの持ち主で、女の私を男と対等に扱ってくれた。

旧制長崎医科大学(現長崎大学医学部)の永井隆博士の被爆体験に基づく映画だったので、キリスト教関連の場面も出てくる。カトリックの教義書「公教要理」を読み込むのも私の仕事だった。その作品のポスターを見てうれしくなった。新藤さん、光畑さんと並んで私の名前も載せてくださっていたからだった。

その後、脚本家の依田義賢《よしかた》先生のご自宅に通ってお手伝いした。家は立派、奥様は清楚《せいそ》。私の名前は出なかったが資料調べ、下書き、清書に明け暮れた。

そのころになると母の菊枝も諦めたらしく、何も言ってこなくなった。それどころか、撮影所の誰彼に「娘をよろしく」と、中元や歳暮の品を届けていた。

女をバカにし、威張ってばかりいる男たちがたむろする撮影所が嫌いで、給料日以外は足を向けなかった。母の気持ちがわからないでもなかったが「どうしてあんな男たちに」と腹が立った。仕事がないときは映画を見たり、お寺巡りをしたりして過ごした。

私は東京に戻りたかった。京都撮影所は時代劇が中心なので、現代劇を書きたかった私は大船の撮影所にいる大庭監督に「東京に戻してください」と訴え続けた。ようやく願いがかない京都撮影所から大船撮影所に異動になった。27歳のときだった。

東京では戸越の伯母の家に近い品川区豊町《ゆたかちょう》にあったトイレと台所が共同の木造アパートに住んだ。2階に8畳と4畳半の2部屋を借り、8畳は居間兼寝室に、4畳半の部屋には仕事用の机と椅子を置き、そこで打ち合わせもした。

早稲田の学生時代に通っていた劇作家、久板《ひさいた》栄二郎先生のシナリオ塾に、小説家、小糸のぶ先生の弟がいた。その小糸先生が53年6月2日に執り行われる英女王エリザベス2世の戴冠式に行くので、担当している雑誌「少女」の連載に穴が開くことになった。

先生の弟から「姉の代わりに連載しないか」という誘いがあり、編集部に紹介してもらった。私の肩書が「松竹脚本部員」ということもあってか、編集部も「お願いします」と言う。そんなわけで、思いもかけず、人気雑誌に連載する幸運が舞い込んだ。

松島トモ子さんと小鳩くるみさんが交代で挿絵代わりのモデルになる写真小説だった。昔読んだ小説を思い出したり、自分や友人の体験をなぞったりしながらストーリーを考えた。

子どもが相手の小説なので、難しい展開も必要ない。気軽に書いていたら「わかりやすい」と評判になった。原稿料も悪くなかった。というより松竹からもらう給料より高くて、急に懐が温かくなった。

仕事がなければ撮影所には行かず、声がかかると旅館にこもって脚本の手伝いという生活だった。

母の死

病室でも「自慢の娘」

布団の下に記事の山
涙止まらず

旅ばかりしていた。ユースホステル200泊という年も。
尾瀬には毎年行っていた

雑誌「少女」の連載は好評で、品川区豊町のアパートの1部屋を仕事部屋にして書き続けた。でも会社の仕事は相変わらず脚本家の下働きばかり。何年たっても独り立ちできるとは思えない。

毎日会社に行く必要もない上に、収入は倍以上に増えた。私は旅に出るようになった。ただ、あのころは女の一人旅だと、なかなか宿に泊めてくれない。傷心旅行の果てに自殺でもされては困るというのが理由だ。

そんな私はユースホステルの存在を知って「これだ」と思った。ユースとついているが年齢制限はなく、女の一人旅でも問題ない。しかも安い。日本地図を眺め、乗ったことがない鉄道の路線を選び、目的地を決めずに出発した。

ユースホステルは男女別の相部屋になっていて、行く先々で見知らぬ人々との出会いがあった。夜は庭でたき火をしながらおしゃべりする。

純粋な旅好きの人もいれば、悩みを抱えてやってきた人もいる。そんな十人十色の男女と様々な話をした。年間200泊という年もあった。

ある日、私は最上川に向かった。終戦直後、食べるものを求めて頼った山形県の左沢で聞いた話が胸の奥底で眠りから覚めたようだった。雪が舞う最上川を、筏に乗って奉公先へと下って行く幼い少女。その光景を求めて赤湯から白鷹《しらたか》に行った。町の真ん中を流れる最上川沿いに下流へと汽車に乗り、バスに乗り、ときには歩いた。

途中、川で洗濯をしている女の人を見た。「いつか明治、大正、昭和を生きた一人の女性の物語を書こう。そのときはこの場所を最初の奉公先にしよう」。具体的な構想があったわけではないけれど、そう決めた。

「ハハキトク」の知らせを受けたのは1955（昭和30）年7月下旬、会社の仕事で箱根の旅館に缶詰めになっていたときだった。2日後、満員の汽車で堺に向かう途中、戦争末期に女子大が閉鎖され、いっとき母と暮らした折のことを思い出していた。母はおなかのしこりを私に触らせながら「子宮筋腫だと思う」と言っていた。

最初の手術は私が早稲田を受験するころ。2度目が早稲田に入学して勘当同然になっていた時期。そして3度目で危篤になった。看病していた父は、本当は子宮がんだと知っていたが、母には伝えていなかった。私が病室に着くのを待っていたように、母は息を引き取った。享年65。

戦争中は医師も軍隊に駆り出され、満足な治療を受けることができなかった。薬も手に入らなかった。そして母は病気と戦う機会もなく、死を迎えた。

病室を片付けていたら、布団の下から、私を取り上げた雑誌のグラビアやインタビュー記事が出て来た。私の名前が共同脚本として印刷された「長崎の鐘」のポスターもあった。

看護師さんや付添婦さんから「お母さんはお嬢さんの写真が載った雑誌や新聞をみんなに見せて自慢してはりましたよ」という話を聞いた。そのとき私は初めて声をあげて泣いた。

映画業界はテレビの普及で先行きが怪しくなっていた。入社して10年。事務部門への異動が決まったのを機に松竹を辞めた。34歳だった。

仕事は雑誌「少女」の連載だけ。この先どうやって生きていこうか。

テレビの時代

赤いリボンで脚本をアピール

持ち込み作戦が
各局で有名に

鴨下信一さんとの親交は共に駆け出し時代から。ずいぶん一緒に仕事した

そのころ「これからはテレビの時代になるのではないか」と漠然と考えていた。皇太子だった上皇様と美智子様のご成婚の様子をテレビで見たのがきっかけだった。

1959（昭和34）年4月10日のご成婚に間に合わせようと、その年2月に日本教育テレビ（現テレビ朝日）が、3月にはフジテレビが開局し、テレビは娯楽の中心になろうとしていた。アメリカのテレビドラマが放送され、日本のテレビ局もドラマに力を入れている。

小説は登場人物の容姿、人柄、服装、思考、風景、時間と全てを表現する必要がある。映画の世界にいた身からすると煩雑だし、本格的な作品を書ける自信はない。

映画の世界に戻ることは最初から考えなかった。その斜陽ぶりは目に見えるようになっていたし、いまさら居場所があるとも思えない。やはりテレビだ。それもドラマの脚本だ。

「少女」に小説を連載しながら、脚本を書いてはテレビ局に持ち込んだ。当時はテレビの草創期で、どのテレビ局の社員も忙しく立ち働いていた。それに映画の脚本を書いていた人たち、もとは小説家志望だった人たちも私と同じことを考えていて、担当社員の机の上には持ち込まれた脚本が山と積まれていた。

「このままでは埋もれてしまって読んでもらえない」と考えた私は、自分の脚本に小さな穴を開けて赤いリボンを結んだ。どの局でもそれをやったので「赤いリボンのハシダスガコ」は有名になった。

だからといって脚本が採用されることはなくて「そのうち読んでおくから」とか「いまは忙しい」とにべもなく追い返される。脚本が社員のメモ帳代わりになることも珍しくなかった。

肩を落とす私を折に触れて優しく慰めてくれたのがTBSの演出助手だった鴨下《かもした》信一さんだ。私より10も年下なのに、自腹でコーヒーをご馳《ち》走《そう》してくれたり、励ましてくれたりした。

鴨下さんは後に山田太一さん脚本の「岸辺のアルバム」や「ふぞろいの林檎《りんご》たち」といったドラマを手がけ、日本を代表する演出家になるのだが、当時はまだ駆け出しだった。

そのころ日本テレビのプロデューサーから電話をもらった。「預かっていた脚本を電車に忘れてきちゃった。ごめんね」。電車に忘れてきたというのが本当かどうかはともかく、チャンス到来だった。

下書きが残っていたので、中1日を置いて届けると、プロデューサーも仕方がなかったのだろう、初めて採用された。それが61年7月に放送された「夫婦百景」シリーズの中の「クーデター女房」だった。売り込みを始めて2年がたっていた。その2週間後、TBSで「おかあさん」が放送された。

「夫婦百景」の放送を見て、私は正直驚いた。映画の場合は脚本があっても撮影現場で監督が簡単にセリフを変える。俳優の都合で変更になることも多い。それなのにテレビドラマでは私の脚本がひと言も変えられずに放送された。脚本家が大切にされる世界だった。

1日に20万円ももうかったことがある株式の売買もやめた。お金は地道な仕事で稼がないと、自分がだめになると思ったからだ。これからはテレビドラマの脚本に専念する。

「チチキトク」

見知らぬ女性から電報が

悲哀に満ちた
母の顔が浮かぶ

ソウル時代の父、菊一。晩年は京都に住んでいた。享年69

父の菊一が69歳で亡くなったのは、私の初めてのドラマ「夫婦百景」が放送される前年の１９６０（昭和35）年9月のことだった。発信人に心当たりのない「チチキトク」という電報をもらって、取るものも取りあえず京都の父の家に行くと、粋筋の出らしい女《ひと》が待っていた。「電報を打ったときにはもう亡くなってはりました。いきなりやとビックリしはるやろうおもて、危篤とお知らせしました」と初老のその女は言った。

母の死後、父はセラミックの研究に打ち込んでいて、亡くなった日も一人で高熱の炉で仕事をしていた。夕食に出ていた助手が戻ってみると父は焼ける炉にもたれかかって息を引き取っていた。作業中に心臓発作に襲われたというのが医師の見立てだった。

通夜の席で柩《ひつぎ》の蓋を開けようとすると、その女は「きれいなお顔を思い出にしておくれやす」と私を止めた。父とはずっと離れて暮らし、交わした言葉は少なかった。それでもこの世にたった一人の父には違いない。なのに私は父の死顔さえ見ることができなかった。

葬儀が終わって設けられた精進落としの席でその女は、終戦直後に私が父からもらった着物や帯の柄を次々に口にした。「なぜそんなことを?」といぶかる私に「あの着物は全部私がお父さんにあげたものです」と言った。

戦後の物のない時代に、父は私の嫁入り道具だといって見事な着物や帯を持ち帰り、母もそんな父を目を細めて見ていた。着物が戦後、お座敷に出るのをやめて不要になったその女のものだったということを本人の口から知った。

その女と父とは戦前のソウル時代からの仲だったという。母は事情を知っていたのだろう。時折見せる母の悲しみに満ちた顔を思い出した。

全てが終わって父の遺骨を今治の菩提寺に持って行き、その女が付けた戒名とは別の戒名を付け直してもらって母が眠るお墓に納めた。

そのころ脚本の仕事は徐々に軌道に乗ってきた。テレビ局に売り込んできた努力が実を結んだのか、日本テレビの「夫婦百景」、TBSの「おかあさん」に続いて62年、TBSの人気ドラマ「七人の刑事」の仕事が回ってきた。

何人もの脚本家が自分の回を担当するスタイルで、私も早坂暁《あきら》、砂田量爾《りょうじ》、松本孝二といった、当時のテレビドラマをけん引していた先輩たちの末席に連なった。

駆け出しだった私は脚本のギャラだけでは食べていけず、週刊誌のライターをしたり、少女漫画の原作を書いたりしていた。それだけに、このドラマの脚本陣に加えてもらったことは、私に大きな勇気を与えてくれた。

63年3月に写真小説を連載していた雑誌「少女」が廃刊になったのを機に、脚本家として独り立ちするしかないと覚悟を固めていた。

その年10月、「七人の刑事」で一緒に仕事をさせていただいたディレクター、山田和也さんが声をかけてくださった。

「今度、東芝日曜劇場をやることになった。橋田君、書いてくれ」

東芝日曜劇場はTBSが開局した翌年に始まった名物番組で、石井ふく子さんという、これまた名物プロデューサーが辣腕を振るっていた。

山田さんは「石井さんに紹介する」と言った。

「東芝日曜劇場」

石井ふく子さん、ダメ出しばかり

テレビドラマのあり方を学ぶ

1965年、香港にて。当時すでに辣腕プロデューサーだった石井ふく子さんと

石井ふく子さんはプロデューサーとして原作、脚本家、ディレクター、配役などを決め、「東芝日曜劇場」をＴＢＳの名物番組に育てた人だった。その石井さんに引き合わされることになって、少し緊張した。

というのもこちらは駆け出しの脚本家。石井さんはその時点で１００回もの日曜劇場を手がけてきたバリバリのプロデューサー。気に入られなければそれまでだ。

ＴＢＳにあった木造のほの暗い喫茶店で待っていると、スーツ姿の石井さんと山田和也ディレクターがやってきた。山田さんは私を紹介しながら「この人に書いてもらいたいと思っています」と言った。石井さんは「そう、わかりました。ご自分の好きなように書いてらっしゃい」と答えると、後は山田さんと「あの人をスタッフにほしい」「やるよ」などと局内の話ばかりして、そのまま立ち去った。

「七人の刑事」の脚本を担当しているとき、石井さんと廊下ですれ違っても挨拶を返してもらえなかった。そのときも笑うでもなく真面目一方の話し方。「つまらない女だな」と思ったし、石井さんも私と長く付き合うつもりはなさそうだった。

私はそのとき「袋を渡せば」という原稿を書いた。「夫が持ってくる給料袋の半分は主婦費」とかねて思っていたから、そんなことをドラマにした。一読した彼女は「今まで日曜劇場ではこういうのをやっていなかった。やりましょう」と即断してくれた。

でも石井さんは厳しかった。原稿のあちこちを指さして「これはテレビのセリフじゃないわ」「ここ読んでごらんなさい。こんなキザなセリフ言う?」とダメ出しが続く。

何台ものカメラを使い、アングルが頻繁に変わる映画の脚本だとセリフは短いほどいいのだが、テレビは長くても構わない。「ホームドラマはおしゃべりドラマなんだ」と思って原稿に手を入れた。

「袋を渡せば」は幸い好評だった。ほっとした私に石井さんが1冊の本を持ってきた。『愛と死をみつめて』（大和書房）というベストセラーだった。「これを脚色してみない？　あなたにお任せするわ」

原作を読んで「じっくり書かないとただのオハナシになる」と考え、自分で納得がいく長さの脚本に仕立てた。「日曜劇場は1時間番組よ。これでは収まらないわ」という石井さんに、「わかっています」と返した。

翌日、石井さんは「やっぱり2時間いるわね」と、1話完結の日曜劇場で初めて2週連続にしてくれた。難色を示すスポンサーに「だめならほかのドラマ枠に持って行きます」と談判したという。

難病で死に別れるミコ（大空眞弓）とマコ（山本学）の純愛物語。往復書簡を基にした実話だけに広く人々の心を打った。何度も再放送され、歌謡曲が作られ、映画にもなった。

石井さんにダメ出しされるうちに、映画時代に身についたものが少しずつ剝《は》がれていき、テレビドラマがどういうものかぼんやりとわかってきた。私より1歳下の石井さんに血を全部入れ替えてもらった気がした。「愛と死をみつめて」が放送された1964（昭和39）年4月、私は38歳でようやく脚本家としての足が地に着いた。

もじゃもじゃ頭

「結婚したい」想いが募って

4歳違いを
「親には同い年に」

ラジオ東京時代の夫、嘉一

「愛と死をみつめて」の脚本を書いていたころ、前後してTBSで新番組の企画会議があった。「ただいま11人」という連続ホームドラマで、「あなたにホンを書いてほしいから聞いておいて」とプロデューサーの石井ふく子さんに言われ、2人で出席した。

会議が始まるともじゃもじゃ頭の男性社員が企画書を説明し始めた。「これから核家族の時代になります。だからこそ大家族のドラマを作りたいと思います」。当時、映画部兼企画部副部長の岩崎嘉一だった。名前は「よしかず」だが、社内では「かいっちゃん」と呼ばれていた。話を聞きながら「面白いことを考える人だな」と思った。

日大芸術学部を出て、TBSの前身、ラジオ東京の報道記者になった。テレビ局開局のためラジオを離れたが、そのとき「左遷だと思った」そうだ。テレビ局が開局してからは「ベン・ケーシー」という外国のドラマを積極的に買い付け、社内でも知られる存在になっていた。

私は「ただいま11人」のかなりの回を担当したため、出演者の渡辺美佐子さんとTBSの演出家、大山勝美さんの結婚式に呼ばれた。同じテーブルに嘉一がいて、式の後、何人かで飲みに行った。

その後、当時TBS系列だった大阪の朝日放送向けに芸術祭参加作品を書き、その関係で訪れた朝日放送のエレベーターで嘉一とばったり再会した。ホテルも同じと知り、ホテルのレストランで数人を交えて食事をした。嘉一は「このドラマ、面白いね」と言った。「私のホンを読んでくれたんだ」とうれしかった。

私の世代は、結婚相手になりそうな年ごろの男の多くが戦争で亡くなっている。自分の年齢や容姿を考えて結婚は諦めていたところに嘉一が現れた。私の中で「嘉一と結婚したい」という想いが膨らんできた。そんな気持ちになったのは初めてだった。恋と尊敬が混じり合ったような感情だった。

それに「ただいま11人」と東芝日曜劇場の2本のレギュラー番組を持っているといっても、それだけでは食べていけない。目の前の嘉一はTBSから結構な給料をもらっているから、結婚したら生活は安定するし、夫の給料袋の後ろ盾があれば理不尽な横やりとも戦える。

ちょうどTBSの連続ドラマ「あたしとあなた」の中の「牛乳とブランデー」という回を担当していたのだが、締め切りを守る私の筆が一向に進まない。心配する石井さんに「実は……」と打ち明けた。

「本当にやめなさい。嘉一ちゃんはただの酔っ払いよ」

石井さんは信じられないという顔で言った。

「だめもとで何とか」「それなら聞いてみる」

石井さんが私の気持ちを伝えると、嘉一は「僕はいいですよ」と即座に答え、みんながビックリ仰天した。

こうして瓢箪《ひょうたん》から駒のように結婚が決まり、石井さんに仲人をお願いして1966（昭和41）年5月10日に入籍した。その日は嘉一にとって「TBSの創立記念日」であり、私の誕生日でもある。

嘉一が「4歳も年上だと親に言いにくいから、同い年ということにしてくれ」と頼むので、そのときから私は大正14年ではなく、嘉一と同じ昭和4年生まれと称することになる。41歳の、緑したたる初夏のことだった。

亭主関白

夫の前では原稿書かず

視聴率より
共感呼ぶ作品を

結婚して間もないころ。夫の口癖は、「離婚だ！」（1966年、沼津）

夫の嘉一からは「結婚したら俺の前で原稿用紙を広げるな」と言われていた。主婦業をこなすのが第一で、余裕があれば脚本を書いてもいいという。

新居は千代田区三番町のマンションだった。3畳足らずのダイニングキッチンの大半を大きなテーブルが占めていて、夫が出勤するとそこが仕事場になった。

原稿を書きながら、座ったまま振り向いて火加減を調節する。そんな毎日が楽しくて東芝日曜劇場や連続ドラマ「パパ長生きしてねッ！」などを書き続けた。そのうち「味噌汁を作りながら書く脚本家」と呼ばれるようになった。

私は夫に「結婚してもらった」と思っていたから、夫に従うことに抵抗はなかった。夫は飲むと最後には「価値観が違う。離婚だ！」が口癖のようになっていたが、言い返しもしなかった。もちろん離婚などしたくなかったし、ホームドラマの作者が離婚したら仕事がなくなる。

結婚して1年がたったころ、NHKから「朝の連続ドラマを書いてほしい」というお話をいただいた。原作は森村桂さんの『天国にいちばん近い島』で主演は藤田弓子さん。毎週6回を1年続けるのは並大抵のことではない。

夫に相談すると「俺の前で原稿用紙を広げないという約束を守れるなら書けばいい。NHKの朝ドラをやって脚本家は一人前だ」と言った。だから原稿は毎日キッチンで書き継いだ。それが1968（昭和43）年4月1日から翌年4月5日まで放送された「あしたこそ」だ。

NHKの連続テレビ小説で初のカラー作品だった。当時、1回編集すると3万円もかかるというので毎回2回の編集しか許されなかった。だから15分のドラマを5分、5分、5分に区切って収録した。

シーンが多いと編集が難しいので、カメラの切り替えを少なくしてセリフで説明するしかない。私のドラマの長ゼリフはこのときに始まった。最高視聴率は50％を超えたのだが、私には難しい作品だった。原作があるので自由に想像の翼を広げられない。出来が良ければ「原作が素晴らしい」となり、悪ければ「脚色が下手」となる。この経験から私は原作物は手がけないことに決めた。

池内淳子さんから「日テレで仕事をすることになったので、脚本をお願いします」と頼まれて書いたのが71年7月から翌年1月まで日本テレビで放送された「つくし誰の子」だった。池内さんの優しい人柄を見ていて「きっと誰でも大事にする女性なのだろう」と思い、下町の弁当店の女主人が4人の子どもを引き取って育てる話にした。

ところが当初、視聴率が上がらなくてスポンサーから内容の変更を求められた。私も局も断ったため、途中でスポンサーが交代したのだが、それから視聴率がどんどん上がり、シリーズ化されることになる。

テレビの世界では視聴率は絶対的なものと思われている。しかし私はあまり気にしない。私が書くものは辛口ドラマと呼ばれるようになるのだが、確かにドラマで問題提起をして、視聴者の共感を呼ぶのは容易ではない。

でも①身近なテーマ②展開に富んだストーリー③リアルな問題点――この3つの要素を持っていれば、必ず視聴者の心をつかむことができる。

「となりの芝生」

嫁姑問題をやってみたい

テレビ業界の常識を覆す

義母けいと沼津の実家の前で。夫は大変なマザコンだった

銭湯を舞台にしたTBSのドラマ「時間ですよ」は1965（昭和40）年7月に東芝日曜劇場の1話として放送された。脚本を手直ししているときプロデューサーの石井ふく子さんに「題名考えて。もう時間ですよ」と言われ、そのままタイトルにした。

それがどういうわけか5年後の70年になってシリーズものとしてよみがえった。舞台設定はそのままに森光子、船越英二、悠木千帆（後の樹木希林）、堺正章といった豪華な顔がそろい、後継者問題も含めた人情ドラマにしたいと考えて脚本を引き受けた。

ところが演出の久世光彦《くぜてるひこ》さんは新機軸を打ち出そうとしたのだろうが、ドラマの中にコントを挟んだ。悠木さんと堺さんが、オーディションで選ばれた新人とコントを繰り広げる。久世さんは「勝手に芝居するから、そこのところ空けておいて」と言う。

コントがドラマの筋立てに沿ったものならともかく、展開とは無関係な内容だから、話の腰が折られることになる。「そんな頼み方、ないでしょう」と久世さんに抗議したが、聞き入れられない。私は最初の3回で降板し、それ以来久世さんとは亡くなるまで口をきかなかった。

同じTBSの「赤い」シリーズ第2弾の「赤い疑惑」が始まったのは75年10月で、主役は宇津井健さん。宇津井さんには日本テレビの「たんぽぽ」にも出てもらい、そのころから人柄の良さに好感を持っていた。「赤い疑惑」では山口百恵さん、三浦友和さんの初共演も話題だった。だけど、私は途中の15、16話を担当して降板した。

当時の百恵ちゃんは超売れっ子で超多忙。すべてが百恵ちゃんのスケジュール優先になる。分刻みで仕事をしている百恵ちゃんが覚えられるように、セリフを少なくしなければならない。登場するシーンの数も限られるから、当然脚本が制約を受ける。私はそれが嫌だったから降りた。

翌76年にはＮＨＫの「となりの芝生」を書いたが、すんなりと放送が決まったわけではなかった。放送枠は朝の連続ドラマの夜バージョン「銀河テレビ小説」の中の1シリーズだった。

企画段階でディレクターは「いまごろ嫁姑《しゅうとめ》問題なんかないよ」と難色を示し、逆に「いやいや、我が家ではその問題が深刻なんだ」という声もあって紛糾した。

「いいじゃないか。やってみよう」とゴーサインを出してくれたのが、後にＮＨＫ会長になる山口幹夫さんだった。このドラマは好評で、その後の「となりと私」「幸せのとなり」の「となりの3部作」につながっていく。

「となりの芝生」で私が本当に書きたかったのは、背伸びして家を建てたばかりにバラバラになっていく家族の悲劇だったが、いざ放送されると視聴者の目は嫁姑問題に向いた。

当時はいまほど核家族化が進んでおらず、嫁姑問題はあちこちの家庭にあった。ただそれがホームドラマのテーマになると考える人は当時のテレビ業界に数えるほどしかいなかった。

嫁、夫、姑にはそれぞれの立場と本音がある。そのぶつかり合いは、思いもかけず国民的な論争を生んだ。

私自身も同じ問題を抱えていた。夫の嘉一は次男坊なので姑と同居する必要はなく安心していたのだが、夫は大変なマザコンだった。

女と女

ドラマは家庭の中にあり

義母に波立つ心を
作品に昇華

沼津の別荘。夫が実家に行っている間に仕事をするつもりで建てたのだが、義母が頻繁に訪ねてきて……

女と女

夫嘉一の父、彦次郎は終戦間際の1945（昭和20）年4月、乗っていた船がアメリカの潜水艦に沈められて亡くなった。残された2男3女を女手一つで育て上げたのが母けいだった。

次男の嘉一はそんな母親が大好きで、結婚してからも暇を見つけては沼津の生家に住む母を訪ねた。夫が一人で行けばお姑さんから「どうして壽賀子さんは来ないいんだ？」と聞かれるというので、私も夫と一緒に行った。

嫁らしく台所を手伝おうとすると「壽賀子さんはゆっくりしていなさい」と言われる。ならばと表を掃いていれば「家の者がするから」と言いに来る。義母の優しさと受け取っていたのだが、私のいないところで義妹たちに「壽賀子さんは何にもしにゃあだよ」と話していた。

夫と相談して近くに別荘を建てることにした。夫が母親のところに行っている間、私はそこで仕事をするつもりだった。ところが別荘が完成するとお姑さんが足しげく通って来るようになった。

夕方別荘に着いて押し入れにしまってあった布団を干していたら「布団は西日に当てるもんじゃにゃあ」。風を通すために障子を開けると「畳が焼ける」。料理を作れば「あんたの料理には味がない」と言われる。関西育ちの私は薄味で、漁師町で育ったお姑さんは濃い味が好みだった。

意地が悪いのではなく、お姑さんなりのやり方で岩崎家の家風を伝え、嫁としての教育をしてくれているとはわかっていたが、それでも私の心は波立った。

しかし私が結婚し、お姑さんや小姑《こじゅうと》の義妹たちができたおかげで「ドラマは家庭の中にある」ということが身に染みてわかった。姑は嫁のどんなところが気になるのか。嫁は姑や小姑のどんな言葉や態度に傷つくのかということも理解できるようになった。「となりの芝生」のセリフにも私の実体験が少しばかり投影されている。

70年代に入ると三番町のマンション周辺でビルが立ち並び始め、工事の音が気になって仕方なくなった。

ちょうど熱海で売りに出ている土地があることを知り、嘉一に「買ってもいい？」と尋ねた。「熱海なら沼津は近いし、東京へも新幹線ですぐだし。いいでしょう？」。嘉一はいい顔をしなかったが、最後は折れてくれた。

折からの第1次オイルショックで物価が高騰したため更地のまま1年寝かせ74年、標高400メートルの斜面に鉄筋3階建ての家を建てた。窓から網代湾が一望でき、海の中に初島が浮かんで見える。2階の風呂には温泉を引いた。

日本テレビで「つくし誰の子」が放送されていたときで、出演してくださっていた杉村春子先生に「つくし山荘」と揮毫《きごう》していただき、それを表札にした。

ＮＨＫの大河ドラマのお話をいただいたのは79年のことだったろうか。大河はずっと原作主義だったが、80年放送の「獅子の時代」で、初めて山田太一さんのオリジナル脚本が採用されていた。

原作ものはやらないと決めていた私は「オリジナルでなら」と返事をしたら、ＮＨＫの川口幹夫さんが「女の目で見た歴史も面白い」とＧＯサインを出してくれた。

「おんな太閤記」を書くため熱海に移り住む。

一筋の光

戦争と女を語った「ねね」

明治から昭和、
母たちの悲話

秀吉役の西田敏行さん（右端）の「おかか」が流行語になる（左端著者）

私は軍国少女として戦時中を生きた。戦争だから人が死んでも仕方がないと思っていた。でも戦争が終わってみると、男たちが死んだ後も女たちはずっとつらく苦しい日々をくぐらなければならなかった。戦争と女という、ドラマが手をつけていないテーマがあった。

戦国時代を描くドラマの場合、有名な武将が主人公になるのが普通だが、私はずっと前から秀吉の妻、ねねの生涯に関心を持っていた。足軽の妻から大名の妻、最後は天下人の妻になる。そんなねねはどんな思いで戦国の世を生きたのだろうか。ドラマは戦争の前と後にあるから、戦闘シーンは念頭になかった。

1回45分の放送に必要な脚本は400字詰め原稿用紙で60枚。一年間で3000枚ほどになる。悩んでいたら時間が足りないので、浮かんだセリフをそのままつなぎ、推敲《すいこう》はしなかった。書いているうちに登場人物が勝手に語り出す。いろいろな人の生涯を生きているようだった。

結婚して三番町のマンションで使っていたダイニングテーブルを熱海の家に持ち込んだ。ずっとそのテーブルで書いてきたから、それがないと筆が進まない。

私は熱海にいて執筆に専念し、三番町のマンションに残った夫の嘉一は週末だけ熱海に来た。やがて道路を挟んだ土地を耕して野菜や花を育てるようになった。夫が土いじりを始めるなどとは思ってもいなかったが、本職の植木屋さんのような格好で喜々として野菜や花を丹精する姿に、私の頰《ほほ》も自然に緩んだ。そのころ飼い始めた猫を「ねね」と名付けた。

大河ドラマ「おんな太閤記」は1981（昭和56）年を通して放送された。ねね役の佐久間良子さんに秀吉役の西田敏行さんが呼びかける

「おかか」が流行語になり、平均視聴率は30%を超えた。

私はこの結果を見て決断した。筏に乗って最上川を下り、苦難の道を歩き始める女の一生をドラマにするなら今だ。

ここまで長い道のりがあった。松竹の脚本部がいたころ、映画にできないだろうかと考えていたけれど、松竹は原作物ばかりなので相手にされないと諦めた。

「愛と死をみつめて」がヒットした直後、石井ふく子プロデューサーに相談したが「暗い話は嫌いなの。ちょっと無理ね」と断られていた。

「あしたこそ」が終わって夫に話すと、「色がないなあ」という反応だった。

その後、私はある女性から分厚い手紙をもらった。そこには苦界に身を落としながらはい上がって結婚し、幸せな家庭を築くまでの人生が綴《つづ》られていた。明治から昭和までを生きた女たちの道のりをもっと知りたいと思い、週刊新潮の「掲示板」に「手紙をください」と書いた。

するとと段ボール箱がいっぱいになるほどの手紙が寄せられ、その1通1通を涙がにじむ目で読んだ。ちょうどそのころ主婦と生活社から「小説を書いてください」という依頼が来た。私は小説を書く代わりに手紙をくださった人たちに話を聞き、月刊雑誌の「主婦と生活」に連載することにした。

1年分の連載が『母たちの遺産』という単行本として出版されたのが81年3月。私はこれを持って企画の売り込みに回った。主人公の名は「おしん」。

宿願

歩み始めた「おしん」

500人から残った
綾子ちゃん

小林綾子ちゃん（中央）は風邪気味だった

「おしん」の「しん」は辛抱のしん。真実のしん。真剣のしん。体の芯のしん。曲がりくねった人生を一歩また一歩と進んでいく女の名前としてはそれしかない。おしんは昭和天皇と同い年にしよう。

ＴＢＳのプロデューサー、石井ふく子さんは平岩弓枝さんとのコンビでドラマを作ることが多くなっていたから、少し距離ができていた。

そこで持ち込んだのはＮＨＫだ。当時、放送総局長だった川口幹夫さんにお話しすると、明治から昭和を生きた女性の物語に理解を示し「視聴率を気にせず書いてください」と言ってくださった。

そのころ、スーパー「ヤオハン」創業者の和田カツさんと親しくなっていた。しかし青果店から身を起こしたヤオハンは当時、拡大路線をひた走り、次々に海外進出して話題になっていたが、私は「危ういな」と感じていた。

そんな直感から「おしんは最後にスーパーを経営する。だが息子が身の丈を超えて拡大を急ぐ余り……」という着地点が浮かんできた。後のヤオハンの破綻を、ドラマで予言することになるとは思ってもみなかったのだが……。

おしんは7歳の少女から大人になり83歳の老境に至る。1人の女優では演じられないから3人がそれぞれの時代を担うことになった。

中年以降のおしんは乙羽信子さんのほかに考えられなかった。もともと好きな女優さんで、いつか一緒に仕事をしたいと思っていたので、私からお願いした。成長して中年に差しかかるまでを田中裕子さん。残る少女時代を演じる子役をオーディションで決めることになった。

NHKが児童劇団を通じで募集したところ全国から500人の応募があった。それを200人に絞り、面接で50人を残した。最後は5人による面接になった。

私も最終面接の場にいたのだが、横1列に並んだ5人に出されたジュースを口にしなかった女の子が1人だけいた。小林綾子ちゃんだった。いよいよ綾子ちゃんともう1人に絞られた。どちらが選ばれても不思議ではなかったが、一方にNHKの他の番組に出る予定があることがわかり、綾子ちゃんに決まった。

撮影に入る前、番組スタッフが山形県の偉い人に協力をお願いに行った。しかし「山形はそれでなくても日本のチベットのように言われている。そんな貧乏物語に力は貸せない」と追い返されてきた。

ところが最上川を、おしんが筏で奉公先に向かうシーンでは、地元の大江町役場が、筏の再現から船頭さんの手配まで全面的に協力してくれることになった。

1983（昭和58）年1月19日の最上川。雪こそ降っていなかったが、水は身を切るように冷たい。筏を操るのは地元の元船頭さん。筏は見えないようにロープで岸につながれ、万一に備えて2隻のモーターボートが待機する。雪が積もった岸辺に散るスタッフは、ロングの撮影で姿が映らないように、白いシーツをかぶってうずくまる。撮り直しはきかない。

その日風邪気味だった10歳の綾子ちゃんが、思い詰めたような目で筏の真ん中に座っている。筏がゆっくりと動き始めた。カメラマンが腰まで水に漬かって筏を追う。

涙のロケ

筏の上「母ちゃん!」の叫び

凍てつく川面を
震わす哀切

母ふじ役を演じた泉ピン子さんと

おしんは山形の小作人の子。食べる物にもこと欠く貧しさの中で育った。７人目の子を身ごもった母ふじ（泉ピン子）は凍《い》てつく川につかって流産しようとする。それを見たおしんは父作造（伊東四朗）に言われるまま、数え７歳の春に奉公に出る。

筏の上で「母ちゃん！」と叫ぶおしん。声もなく涙するふじ。岩山の木陰を筏を追うように走る作造は「すまねえ、すまねえ」とつぶやいてその場でうずくまる。

このシーンの撮影が終わるとスタッフや見物の人々から大きな拍手がわきあがった。どの顔も涙でぬれている。現場にいた私も泣いた。

私が紙の上で書いたセリフが俳優さんたちの体の動きと肉声によって命を吹き込まれ、生身の人間のドラマとして立ち上がっていた。私はそのことにも感動していた。

涙のロケ

ＮＨＫの連続テレビ小説「おしん」の放送は１９８３（昭和58）年４月４日に始まった。奉公先で待っていたのは年上の奉公人からの厳しい叱責。金を盗んだと疑われたおしんは奉公先を飛び出し、雪の中で凍死しかける。それを救ったのは……。

綾子ちゃんが出演したのは最初の36回までだったのに、彼女は国民的スターになった。貧しさと逆境に負けずけなげに生きる少女の姿は、豊かな生活に慣れた日本人を揺さぶったのだろうか。

ＮＨＫには「おしんに渡して」と多くの人々からお金や米が届けられ、伊東四朗さんの自宅には「米１俵で娘を売ったひどい親」というので石が投げ込まれたという話が聞こえてきた。しかし私はストーリーが影響を受けるのが嫌で、ＮＨＫに「評判は耳に入れないで」と頼んでいた。

関東大震災後、おしんは夫の生家である佐賀の元地主、田倉《たのくら》家に身を寄せる。結婚に反対していた夫の母清《きよ》（高森和子）の「嫁いびり」も思わぬ反響を呼んだ。地元の女性たちから「佐賀の女はあんなにひどくない」と訴える声があがり、当時の副知事を先頭に「県のイメージダウンにつながる」とＮＨＫに抗議したという。

「あくまでドラマとして見てほしい」と思っていた私は戸惑ったが、無意識に佐賀を舞台にしたわけではない。戦時中、軍に連なる仕事をしていたおしんの夫は戦争責任を感じて自殺する。戦争を推し進めていた男たちが、最後は何事もなかったかのように振る舞うのをこの目で見てきた。だから、おしんの夫の自裁は彼らへの批判なのだ。

その死は武士道につながる。武士道といえば「葉隠《はがくれ》」。だから夫は佐賀の旧家の末裔《まつえい》でなければならなかった。

私は放送中、毎朝テレビに見入った。どこか他人の作品のような気がして「おしんがかわいそう」などとつぶやいたこともある。

1年間の放送が終わってみれば平均視聴率52・6%、最高視聴率62・9%。その後、68の国と地域で放送された。

夫から「壽賀子がお母さんのこと書いているよ」と聞かされていた義母は、自分がモデルと信じていた。ヤオハンの和田カツさんもそうだったかもしれない。「母たちの遺産」で取材した女性の中に、そう思っていた人がいても不思議ではない。

ヒントはいただいたが、モデルはいない。いるとすれば、それは苦難の時代を生き抜いてきた「日本の女たち」だ。

おしん症候群

団体バス・国会……沸く列島

外国でも放送
軒並み高視聴率

田中裕子さん（手前）は見事に演じてくれた

おしん症候群

1983（昭和58）年4月に「おしん」の放送が始まると瞬く間に「オシンドローム（おしん症候群）」と呼ばれるブームが巻き起こり、私は正直戸惑った。

おしん役の小林綾子ちゃんの熱演もあって、NHKに届いた封書は数千通に上った。おしんへの同情や過去の自分と重ねる内容のものばかりだったという。要望に応えて7月には少女編36回分が再々放送された。

おしんの奉公先、山形県酒田市には団体バスを連ねて押しかけ、駅前には赤ん坊を背負ったおしん像ができた。母親の出稼ぎ先、銀山温泉の旅館では、わざわざ「大根めし」がメニューに加えられ、各地でおしんの名を付けたお土産物が登場する。

金子明子さんが歌う「『おしん』の子守唄」というレコードが発売された。橋田壽賀子作詞、遠藤実作曲となっているが、それはウソ。作詞したのは夫の嘉一だ。

衆議院の議院運営委員会に「おしん後援会」が発足するし、綾子ちゃんは文部大臣の部屋に呼ばれるし、おまけに「おしん国会」「おしん・康弘・隆の里」が何度も活字になったのには驚いた。

昔の貧しさに耐えて生きてきた人を描いたことが、修身の復活のように受け取られて心外だった。明治から昭和の時代を、おしんという架空の人物を通して忠実にたどっただけなのに、なぜそこに政治が入り込んでくるのか理解できなかった。

乙羽信子さんのおしんは晩年にかけてスーパーの仕事に専念する。すると視聴者から「商売の鬼になっている」「こんなおしんは見たくない」といった反響が増えてきた。

それこそ私が狙っていたことだった。あのころの日本人は金儲けに走りすぎて、本当の自分を見失っていなかったか。金儲けと人としての幸せの区別がつかなくなっていなかったか。私はおしんを通じてそう言いたかった。だからドラマは、おしんが過去の自分を見つめ直すシーンからはじめたのだった。

これまで秘密にしていたのだが、大人になってのおしん役、田中裕子さんは、私とは言葉を交わさなかった。目も合わさなかった。多分、脚本ができる前に仕事を受け、いざ始まってみると役柄が気に入らなかったのだろう。なのに田中さんは見事にというか、スタッフの期待以上のおしんを演じてくれた。それでこそ本当の名優だ。

外国で放送されると信じられないことが起こった。イランでは最高視聴率が82%、タイでは81%、北京でも76%を記録したというのだ。耐えるおしん、夢を捨てないおしん、優しさを失わないおしんの姿が言葉や宗教を超えて人々に届いたのだろうか。

放送から7年もたった91年2月、東京の経団連会館で「世界は〝おしん〟をどうみたか」という国際シンポジウムが開かれた。タイ、イラン、中国などの識者がそれぞれの立場で意見を述べられたが、外国で放送されることを想定していなかった私は「人間を書けば、人間は同じなのですから、必ず万国共通なのです」と発言した。

私は昭和天皇にご覧いただきたくて、このドラマを書いたような気がする。だからおしんの生まれを陛下と同じ明治34年にした。後に、陛下がおしんをご覧くださっていたという話を耳にして、思わず笑みがこぼれた。

夫の遺志

定年から5年で訪れた別れ

大量の株券
遺産2億8000万円

夫、岩崎嘉一の通夜と葬儀は築地本願寺で営まれた
(1989年9月)

夫の岩崎嘉一、通称「かいち」が55歳になり、第1制作局専門職次長でTBSを定年退職したのは「おしん」の放送が終わって5カ月後の1984（昭和59）年8月31日のことだった。

夫は会社人間ではなく仕事人間だった。夫婦の間でも話題と言えばテレビや番組のことばかり。心からテレビの仕事を愛し、人生をささげるように打ち込んできた。

退職してから、夫は三番町のマンションを事務所に「岩崎企画」という制作プロダクションを立ち上げた。その年、古巣のTBSで私が脚本を書いた「大家族」という全13話の連続ドラマをプロデュースする。

会社は私の個人事務所を兼ねたもので、お金の管理から電話や取材依頼の応対、手紙への返信など一切を取り仕切ってくれた。

そして週末には、熱海にやって来て自分が開墾した畑で、大根、キュウリ、ナス、トマト、カボチャ、スイカなどを育て、バラ、サツキ、ツツジ、コデマリ、桜、桃、アジサイ、ダリア、グラジオラス、チューリップなどの花々を丹精した。穏やかな第二の人生が始まったようだった。

だが定年から2年がたったころ嘉一の左腕に力が入らなくなり、上腕の筋肉が目に見えてやせてきた。精密検査の結果、頸椎《けいつい》の靱帯《じんたい》骨化症と診断された。首の骨の靱帯が硬く変化し、中を通っている神経を圧迫する病気だった。私がNHKの大河ドラマ「いのち」にかかっているころで、嘉一は1カ月半入院し、首に白いコルセットを着けて戻ってきた。

1年がかりの闘病を終え、再び仕事に戻った嘉一は88年9月、今度は肺がんと診断される。定年からわずか4年後のことで、冒頭に書いたように、それから1年後、「バイバイ、またあしたね」という言葉を残して、つむじ風のようにこの世を去ってしまう。

お金はすべて夫が管理し、私は銀行口座さえ持っていなかったし、遺産相続前なので、無一文だった。葬儀は築地本願寺で執り行ったが、その費用もないありさま。幸い香典でまかなうことができた。

夫は生前、株式の取引をしていて、亡くなる直前まで証券会社の営業マンが病室に訪ねてきていた。葬儀も終わって嘉一の身の回りを整理していると、大量の株券が出てきた。売却したらバブル崩壊前の株高で、総額2億8000万円にもなってびっくりした。銀行の貸金庫を開けてみると「財産はすべて妻に」という公正証書が出てきて、この大金を私が相続した。

「ああ、これで締め切りに追われて仕事をする必要もなくなる。のんびり暮らせる」と思っていた私に石井ふく子さんが言った。

「このお金使っちゃだめよ。嘉一ちゃんは、基金をつくって若い人を育てるんだって言っていたのよ」

そのことは初耳だった。しかし聞いてみれば、なるほどそうすべきだ。私がシナリオの仕事で食べてこられたのも、これだけの財産が残ったのも、すべてテレビのおかげ、ドラマのおかげ。若い人材を育てるお役に立てるのが筋だろう。それが夫の遺志なのだから、なおさらだ。

知り合いの政治家の方に相談したら「基金より公益性のある財団」とのこと。それには3億円の基本財産が必要だという。

財団設立

若い人を育てたい夫の遺志を継ぐ

足りぬ資金は
講演で稼ぎ出す

1992年、財団法人橋田文化財団を発足させた

私は夫の遺志である後進の育成を目的とした財団を設立することに決めた。3億円の基本財産が必要と教えられたが、相続した遺産は2億8000万円しかない。

困っている私にプロデューサーの石井ふく子さんが提案した。

「TBSで1年通しのドラマの脚本を書いてくれるなら、足りない分は借りてあげる」。渡りに船だった。

夫を亡くした悲しみを慰めようと、石井さんは私をシンガポールに誘ってくれた。ドラマの構成を練るという目的もあったのだが、食べるものが口に合わなかったのか、石井さんは熱を出して寝込んでしまった。その熱も下がって石井さんは「仕事の話をしましょう」と背筋を伸ばした。

「大家族を舞台にしましょう」「それも人数が多いほうがいいわね」「夫

が定年後何をやるのかとか」「娘が嫁に行って戻ってくる」「そうそう」というようなやり取りがあって、夫婦と5人の娘が織りなす家族のドラマと決まった。それもドラマの時間と時代がシンクロする現在進行形の物語だ。

人間は年を取る。それにともなって結婚、就職、離婚、定年、病気、老後、介護と人生の山坂を経験する。登場人物が多ければ、ドラマのテーマはそれだけ増えるから書きやすい。

「タイトルは『渡る世間は鬼ばかり』でどうかしら」

「渡る世間に鬼はなし」と言うけれど、そんなのは大うそだと思っていた。世間に鬼はいる。予想に反して石井さんは「それでいいわ」とあっさり応じてくれた。こうして借金のカタとも言える「渡鬼《わたおに》」は、夫が亡くなった翌年の1990（平成2）年10月から始まることになる。

財団の基本財産の手当てはできたが、設立パーティーは開かなくてはならないし、橋田賞の賞金も用意する必要がある。100万円を9人に贈ればそれだけで900万円。

生前、夫は「脚本家は表に出るものじゃない。講演とテレビはだめだ」と言っていた。でもそんなことにこだわってはいられなくなった。断っていた講演をどんどん引き受けて全国を回り、2年間で3000万円稼いだ。

こうして結婚に合わせて買った新居であり、私が熱海に越してから夫が一人で使っていた三番町のマンションに「財団法人橋田文化財団」を設立した。92年8月のことだった。盛大な設立記念パーティーを開き、大勢の方に祝っていただいた。

「渡鬼」は幸い好評で、93年から94年にかけて第2シリーズ、96年に第

3シリーズ、98年に第4シリーズとほぼ2年ごとのペースで続き、2010年に最終10シリーズを迎えた。その後もほぼ1、2年の間隔でスペシャル版を放送している。

岡倉節子役の山岡久乃さんが突然降板され、後に亡くなったときには「もうやめよう」と思ったが、石井さんの「亡くなってもドラマになるわよ」という一言で続けることができた。岡倉大吉役の藤岡琢也さんが他界されたときは、親しい宇津井健さんが代役を務めてくださった。

登場人物がどんどん増えて、作者の私にも誰が誰やらわからないときがある。そこで頼りになるのが、スタッフが作ってくれる家系図だ。

登場人物も私たちと同じように年齢を重ねるので「いまは何歳で、何をしている」などとメモしてある。これがないと書けなくなった。

「渡鬼」

家庭を舞台に人間を問う

結婚・育児・介護
女の人生は惑いだらけ

「渡鬼」メンバーと神田明神で豆まき（左から二人目）

「渡る世間は鬼ばかり」は「ドラマのＴＢＳ」の看板を背負って制作されたドラマだった。それ以前にＮＨＫで「おんな太閤記」「いのち」「春日局」という3本の大河ドラマを書いていたから、ＴＢＳも私に民放版大河を書かせてみようと思ったようだ。ただ「渡鬼」には「橋田壽賀子ドラマ」という冠が付いた。

私は新聞をよく読む。中でも投書欄は欠かせない。ラジオの人生相談番組にも耳を澄ます。いまの日本人が、年代や境遇によって何を考え何に悩んでいるかを知ることができるからだ。私はこのドラマをサラリーマンだった岡倉大吉の「退職後」で始めた。

夫の嘉一が、亡くなるまでの短い時間ではあったけれど、定年を迎えて第二の人生を歩き始めるのを見ていた。だから会社一筋、仕事一辺倒で生きてきた男たちが、仕事を離れてどんな人生を選択するのか、妻や家族はそんな男をどう受け止めるのか。そこにドラマが生まれると思っていた。

女の立場で考えたのは「専業主婦が仕事を始めたら、家庭はどうなるのか」というテーマだった。これに老親の介護という問題が重なる。人は年を重ねてやがて死ぬ。死ねば避けて通れないのが遺産相続だ。これもドラマで取り扱う必要があった。

共働き夫婦と子育ての問題もある。同居している姑が、子育てのことで嫁を責めるようなことがあれば、離婚に発展しないとも限らない。娘が子連れの男と結婚すると言い出したらどうするのか。結婚はあくまで本人が決めることではあるが、親は親で自分たちが納得できる結婚を望んでいる。

夫が単身で赴任せざるを得なくなったら。脱サラをすると言い出したら。仕事か結婚かの選択を迫られたら。

誰もがいつ直面するかわからないテーマはいくらでもある。その一つ一つに焦点を当て、右往左往する人間模様を描いてきたからこそ、足かけ21年で10シリーズ、通算500回以上も書き継ぐことができたのだと思う。

これに加えてときどきの話題も取り入れた。

たとえばインターネットが普及してきたころ、ネットに夢中になって高校進学を悩む中学生を登場させた。ネットに連載した小説が単行本になり、一躍注目される人物も、生活のためにクレーン車の免許を取る女も描いた。娘を近所の幼稚園に通わせようとする両親と、「お受験」させて有名幼稚園で英才教育を施そうとする姑との確執も取り込んだ。

登場人物が多い分、スタッフにとって俳優さんのスケジュール調整が大変だった。プロデューサーの石井ふく子さんもご苦労が絶えなかったのではないか。それでも視聴者の皆さんの支えがあったからこそ、この長丁場を乗り切ることができた。

私が書くセリフは長い。俳優さんにとってはセリフを覚えるのが負担になって、言葉には出さないまでも「何とかならないか」と思ってこられたことだろう。しかしそれには理由があった。

放送は毎週木曜午後9時からの1時間。主婦が夕食の後片付けをしている時間帯に重なるので、テレビを見ていなくても台所でセリフを聴いていれば、話の筋がわかるように場面の切り替えを少なくしたということもある。後から付けた理屈ではあるけれど。

「春日局」

闘病の夫に「脚本が落ちたな」と言われる

乱れる心
眠れず導眠剤も

定年後の夫は熱海の家で花や野菜を育てていた。１９８６年

ＮＨＫの大河ドラマは日曜の夜、１年間放送される。１回が45分で年間50回ほどになる。構想に１年。執筆に１年。丸々２年ほど準備して放送にこぎ着ける。脚本家に取っては名誉でもあるけれど、骨身を削る大仕事だ。

私は１９８１（昭和56）年に「おんな太閤記」で大河デビューを果たした。86年に放送された「いのち」の執筆依頼を受けたのは84年のことではなかっただろうか。

毎年放送する大河ドラマは時代設定や登場人物をどうするのかがＮＨＫの工夫のしどころで、そのころは近代を舞台にした作品が続いていた。83年の「徳川家康」から84年には一転、戦前戦後を生きた日系アメリカ人兄弟を主人公にした山崎豊子原作の「山河燃ゆ」。85年には日本人女優第１号の川上貞奴を中心にした杉本苑子原作の群像劇「春の波《は》濤《とう》」と続いた。時代は明治から大正だった。

私への依頼は、ある有名作家の明治を舞台にした原作を脚色してほしいとのことだったが、私は原作物は書かない主義を通してきた。そのことを話すと、ＮＨＫの方もわかってくださった。

前の2作品は出来はともかく、視聴率という物差しで言えばやや苦戦していたから、ＮＨＫにすれば「おんな太閤記」や「おしん」で高視聴率を稼いだ私に起死回生の作品を期待したようだった。

「いのち」を書くに当たって、実在の人物を描くのではなく、全員を架空の人物にしようと決めた。時代は終戦の年の45年から放送時点の「現在」、つまり85年から86年ごろまでにする。私が生きてきた時代であり、大河では初めての現代ものだ。

主人公は農地改革で全ての土地を失った元素封家の娘高原（後に岩田）

未希。三田佳子さん演じる未希は曲折を経て女医になる。シベリア抑留、戦後復興、高度成長、集団就職、オイルショック、認知症、診療報酬の不正請求と、時代のキーワードを織り込みながら物語を展開した。

幸い視聴率はＮＨＫにも一応満足していただける数字になり胸をなで下ろしたが、近現代路線はこれで幕を下ろし、翌87年には「独眼竜政宗」で戦国時代に戻っていった。

3代目の大河は89年の「春日局」だった。三代将軍徳川家光の乳母であった春日局は明智光秀の重臣の娘。明智は豊臣秀吉に討たれ、その豊臣家は徳川に滅ぼされる。戦国の時代に翻弄されながらも、母のように優しく、心から家光の成長を願う女性として描こうと思った。

冒頭に書いたように執筆にかかったころ夫嘉一ががんで余命幾ばくもないことを知らされた。書く自信はなかったけれど、私が降りればドラマづくりの内情を知り尽くしている嘉一は、自分が重大な病気であることに気づくだろう。本当の病名を隠していた私は、身を切られるような思いで原稿用紙に向かった。

放送が始まった直後、病室で脚本を読んでいた嘉一が「最近はホンが落ちたよ。あんなの書いてちゃだめだ」と言った。

確かに仕事に手がつかない日々があった。眠れずに導眠剤の世話になったこともある。不出来と言われても仕方がなかった。それだけに夫の言葉に胸を突かれ、懸命に筆を走らせて書き継いだ。結果は大河ドラマ歴代視聴率第3位。夫には感謝しかない。

忠臣蔵

あだ討ちを支えた女の目で描く

残された悲しみ
ひしひしと

「源氏物語」で紫式部役の三田佳子さん（左）と

私はこれまで何度かテレビ局の節目にドラマの脚本を手がけてきた。

1979（昭和54）年12月9日に放送された「女たちの忠臣戦〜いのち燃ゆる時〜」はTBSの東芝日曜劇場1200回記念ドラマで、プロデューサーは石井ふく子さん。演出は私が脚本の売り込みに走り回っていたころから親しくしている鴨下信一さん。

忠臣蔵は何度もテレビドラマになっているから、新味を出さなければ見てもらえない。3人で知恵を絞った結果、女たちの視点から事件をとらえようということになった。吉良邸討ち入りまでの10日間、あだ討ちを決意した男たちの裏で妻や娘、恋人たちは何を考え、どのような日々を過ごしたのか。

大石内蔵助（宇津井健）の妻りく（池内淳子）は、ひそかに江戸に出て、義士たちのために立ち働く。無一文になった夫のために苦界に身を沈め、

忠臣蔵

無残に命を落とす妻、吉原で花魁《おいらん》になった娘も登場させた。

男たちは無事、主君のあだを討った。「あっぱれ」と世間の喝采を浴びたし、武士の一分も立った。でも残された女たちは、その先も愛する人を失った悲しみを抱えて生きなければならなかった。

太平洋戦争で、おびただしい女が同じ道を歩くことになり、私の身近にもそんな人たちが数え切れないほどいた。

視聴率は42・6％と日曜劇場の最高を記録した。翌年、石井さんの演出で舞台化され、いまだに上演され続けている。87年には続編とも言える「忠臣蔵・女たち・愛」が放送された。

女子大で国文学を学んだ私は源氏物語をドラマにするという夢を持ち続けていた。そんな私の前に東山紀之さんが現れたとき「ああ、ついに源氏役者に会えた」と思った。日本人の持つ美しさをたたえた、まるでひな人形のお内裏様のような姿。

石井さんに「東山さんは絶対源氏にふさわしいと思うの。源氏物語やらせて」とお願いすると「お金がかかるわよ」という返事だった。ところが石井さんは会議で企画を通し、上層部に掛け合ってくださった。そしてついにTBS創立40周年記念ドラマとして「橋田壽賀子スペシャル源氏物語　上の巻　下の巻」が91年末と翌年正月に放送された。

演出はやはり鴨下さんだったが、鴨下さんは妥協を許さず、凝りに凝る演出家だ。名前を挙げたら切りがないほどの豪華なキャストに豪華なセット。総制作費は12億円に上った。TBSに恩返しできたような気分だった。

私はホームドラマ作家として歩き始めた。「となりの芝生」がそのスタートラインで「渡る世間は鬼ばかり」が一応のゴールと言えるだろう。

しかし私が書きたかったことは家族や女だけではない。

「おしん」で、奉公先を逃げ出した幼いおしんは、雪の中から俊作（中村雅俊）という若い男に助けられる。俊作は日露戦争で戦争のむなしさを痛感した脱走兵だった。おしんに読み書きや計算を教える傍ら、与謝野晶子の「君死にたもうことなかれ」を読み聞かせる。

結局、俊作は憲兵に見つかって射殺されるのだが、おしんは俊作から学んだ反戦の思いを終生持ち続ける。

「戦争と平和」。それが私が生涯追い続けたもう一つのテーマだった。

移民物語

戦争は悲劇しか生まない

日本の近現代を
映し出す鏡

北米移民を描いた「99年の愛」のシアトルロケで（左から2人目）

移民物語

「戦争と平和」を考えるとき、私には原風景がある。ほかでもない、愛媛県今治の漁師の長男でありながら家を出てソウルに渡った私の父だ。

戦前、多くの日本人が中国大陸、南米、北米、南方の島々へ、移民として新天地を求めて渡海した。

彼らは血のにじむ苦労の末に生活の基盤を築くが、日本の敗戦によって辛酸をなめる。移民の歴史は戦前、戦後の日本を映す鏡でもある。いつか移民の物語を書きたいと考えていた。「おしん」でも父親の作造が貧しさから逃れるために、ブラジルへの移民を思い立つ場面を描いた。

本格的な移民のドラマを書く機会を得たのが、２００５（平成17）年10月に放送されたＮＨＫ放送80周年ドラマ「ハルとナツ～届かなかった手紙～」だった。

昭和の初めに北海道からブラジルに渡った一家。「3年で十分なお金がたまり日本に帰ることができる」と聞かされて日本を離れるが、現実は借金漬けになる仕組みで、夢は破れる。

しかしブラジルだけを舞台にすると連続5夜放送はもたない。妹が出航直前に目の病気にかかり、日本に一人残るという構成にすれば、ブラジルの姉と日本の妹それぞれの苦難に満ちた人生が描ける。そしてお互いが交わした手紙は、事情があって届かない。それだけを先に決めてスタッフがブラジルに飛び、資料を集めてくれた。

姉妹は70年後に日本で再会し、歩んできた道を語り合って、離ればなれに生きた歳月を埋めていく。

10年11月に、やはり5話連続で放送された「99年の愛〜JAPANESE AMERICANS〜」は海外に活路を求めた一家の物語で、TBS開局60周年記念ドラマだった。前作はブラジル移民だったが、この作品は北米移民がテーマだ。

排日機運が高まっていたアメリカに単身渡ってきた青年がやがて家族を持ち、懸命に差別や貧困と闘い続ける。しかし日米は開戦し、一家は多くの日系移民とともに収容所に入れられる。そこで待っていたのは、アメリカに忠誠を尽くすかを問う「忠誠登録」だった。「イエス」と答えた長男は日系人部隊の兵士としてヨーロッパ戦線に送られ戦死する。

少女時代に日本に返されていた娘と家族がシアトルで、70年ぶりに再会する。戦争をはさんだ70年という年月は、ほぼ人の一生にあたる長さであり、昭和から平成を振り返るのに必要な時間だった。

ドラマを書くにあたって、私は1万人もの日系人が暮らしたカリフォルニア州のマンザナー強制収容所跡を訪ねた。シェラネバダ山脈の麓《ふもと》に広がる荒涼とした高原には、かつてのバラックや監視塔が復元され資料館もあった。

野面を渡る風に吹かれ、資料館に展示された当時の写真や文書を見ながら、異国の地で歴史の荒波にもまれながら生きてきた、私とほぼ同世代の日本人に思いをはせた。

いや日本国内でも空襲で命を落とした大勢の人々がいた。原爆で一瞬のうちに命を奪われた人々がいた。沖縄戦で亡くなった若い男女もいた。戦争がもたらしたものは悲しみだけではなかったか。

人は人を殺してはいけない。だから私は殺人事件をテーマにしたドラマを書いたことがない。

2つの腕時計

葬儀いらぬ。忘れられたい

夫婦だけの時間を
もう一度

これまで何本ドラマを書いたのだろう。自宅の壁一面を埋める脚本。まだ全部は揃っていない

私には自伝的なドラマが2本ある。一つは1994(平成6)年10月から翌年9月まで放送されたNHK朝の連続テレビ小説「春よ、来い」だ。私が日本女子大に入るために上京し、脚本家になり夫が亡くなるまでの日々を描いている。松任谷由実さんの主題歌が印象的だった。

NHKからこのお話をいただいたとき、ためらいを覚えなかったわけではないが、私自身を書くのではなく自分が生きてきた時代をドラマにするのも悪くないと思って引き受けた。

途中、私役の安田成美さんが健康問題を理由に突然降板するという出来事があったが、その理由を私はよく知らない。ともかく安田さん出演部分を第1部とし、中田喜子さんが役を引き継いだ部分を第2部とした。

もう一つは2012年7月にTBSで放送された「妻が夫をおくるとき」だ。この連載の1回目に書いたような経緯をドラマにした。夫役が

2つの腕時計

大杉漣《れん》さん、私役は岸本加世子さん。熱海の自宅やその周辺でのロケが多かったが「私たち夫婦よりはるかに美男美女だな」とほほ笑みながらその様子を見ていた。

これまで何本のドラマを書いただろうか。脚本はすべて製本してとってあるが、壁一面の書棚には入りきらず、棚という棚に並べている。

その書棚は、自宅と道を挟んだ所に夫が亡くなって建てた家の一角を占めている。夫婦で過ごした家も古くなったし、番組のスタッフを招くにしても、後進を育てるための塾のようなものをやるにしても、広くて大きな家が必要だと考えて新築した。

ところが新居に移ってみると落ち着かない。夫がいないことをしみじみと感じて寂しくなる。それで元の家に戻ってみたらそこには確かに夫がいるのだ。1階にいると「ああ、嘉一は2階にいるな」と思い、2階にいるときは「嘉一は1階か」と思う。

結婚している間が一番仕事がはかどった。夫の前では原稿用紙を広げない約束があったし、夫が戻れば食事の支度に晩酌の相手と仕事どころではない。だから夫が戻るまで必死で鉛筆を走らせた。

この2月（2019年）、私はクルーズ船での旅の途中、大量の下血のためにベトナムの病院に運ばれ輸血を受けた。「マロリー・ワイス症候群」という病気だった。高齢になると、いつ何が起こるかわからない。

いわゆる終活はずっと前からやっていて、全ての財産は橋田文化財団に行くようになっている。葬儀もしないでと言ってある。静かに消えていき、忘れられたい。

夫は大好きだった沼津の義母の墓に入った。ところが私は義兄から「あんたは入れにゃあ」と言われたので、夫方の岩崎家との縁は切れた。

2つの腕時計

私は静岡県小山町の冨士霊園の中で日本文芸協会が運営する「文學者《ぶんがくしゃ》之《の》墓」を買っている。「日本に生まれ日本の文学に貢献せる人々の霊を祀《まつ》る」合祀墓で、そこには橋田壽賀子という著名と代表作として「おしん」が刻字されている。

墓には夫婦の腕時計を入れる。死後、その墓の中で再び夫婦の時間が流れるように。

50年前の結婚挨拶状

御挨拶

五月十日　橋田壽賀子と結婚致しました。

長い間独身でいたことについて不思議がられもしましたし、「結婚したかね」と挨拶がわりにからかわれたり、また、「嘉一を結婚させる会」などという妙な会まで発会させて頂くほど皆さまに御心配もかけてきましたが、今日、突然結婚の御挨拶をする気持ちになったのは、大体次のような理由からであります。大体などと無責任な人ごとのような表現で甚だ申しわけありませんが、こうだと断定できるほど人間の気持ちは確たるものではなく、流動するのでやはり大体というしかありません。

その第一の理由は、これ以上、衣・食・住・性の不規則な生活に耐えられなくなったからです。

思えば昨年、三月一杯、故郷でマキ割りをして過ごしましたが、太陽と共に起き、労働し、夜がきたら寝るといった自然の摂理に従った暮しは、心身ともに健康を回復してくれました。母兄妹のいる家庭とキチンキチンと食べる三食のメシ、そんなあたり前のことがいかに大変だったか、自然にかえるというか、物ごとのモトにたちかえって考える必要性を現代社会に住むヘソを忘れた一人として痛感して帰ってきました。そして一年間、この考えを生活の面で実行できませんでした。健康を回復した体は、東京の自然の摂理に反した暮しに少くとも半年間は耐えられたのです。しかし、限界が参りました。帰って休む巣が欲しくなったのです。

人間の肉体的可能性を信じてきたものの、見事な敗北でした。入院したこともない自分の体に対しての思いやりや感謝の気持ちに欠けて、要するになまいきすぎたのです。


結婚しようと思った第二の理由は、橋田壽賀子という女性とめぐり逢ったことです。ぼくの家庭環境は、父が船員でしたから、殆んど母の手一つで育てられました。そんなわけでいわゆるマザーコンプレックスが根強くありました。

過去の女性関係において、「母を尋ねて三千人」といった調子で母の面影を求めたのなら、まだよかったのですが、コンプレックスが余りに強度だったために、母は厳然として母であるので、逆に全く違ったタイプの女性に魅かれ、それを何とか母に近づけたいとむなしい努力を重ねて歳月を費したといった傾向がありました。

しかし、ここでも己に大人になった女性の性格をかえてやろうなどという大それた考えをもったものの見事な敗退がありました。この場合も要するになまいきすぎたのです。

橋田壽賀子は母性過多の大人です。少くとも、いまのところはそう思えます。ですから結婚致しました。

御互に古ぼけていますし、今更結婚式でもないので、五月十日、婚姻届を提出した後、ぼくたちの仲介者でもある石井ふく子さんに立会って頂いてホテルニューオータニで夕食を共にしました。

五月十日にしましたのは、彼女の誕生日でもあり、ぼくの青春を吸いとったＴＢＳの創立記念日でもあるので選んだわけです。

人なみに披露宴をしなければとも思いましたが、サカナにされるのは目にみえていますし、とてもその勇気がありませんので誠に勝手ながら、この挨拶状で披露にかえさせて頂きます。以前にもまして、ぼくたち「ともだち夫婦」との交友をお願い致します。

新婚旅行は太平洋戦争末期、阿波丸事件で台湾沖に沈んだ父の海をみてみたいと思いますので、六月初旬にでも、台湾、沖縄に出かける予定でおります。

昭和四十一年五月十日

岩崎嘉一

勤務先　赤坂一ツ木町ＴＢＳテレビ

編成局企画部

やっとほんとに好きなひとめぐり逢えたので、一生懸命頼んだ挙句、どうやら奥さんにしてもらえることになりました。勿論仕事は続けたいとねがっておりますけれど、その前になんとかいい女房になる努力をしたいとおもっております。そして、女房稼業がまた仕事の内容にプラスするようになれたらと欲張っております。これからは岩崎嘉一の女房として、また今後ともライターとしても、よろしく御指導御鞭撻下さいますよう、お願い申しあげます。

昭和四十一年五月十日

橋田壽賀子

橋田壽賀子（はしだ・すがこ）略歴

1925（大正14）年、京城（現在のソウル）で生まれる。大阪府立堺高等女學校、日本女子大学校卒業後、早稲田大学第二文学部に進学するが、1949（昭和24）年、在学中に松竹の入社試験に合格し中退。初の女性社員として京都撮影所脚本部に勤務し、3年後大船撮影所に異動。

1959（昭和34）年、松竹退社、34歳でフリーの脚本家となる。1966年、TBSプロデューサーの岩崎嘉一氏と結婚。1989（平成元）年、死別。

TBS東芝日曜劇場「愛と死をみつめて」、NHK朝の連続テレビ小説「あしたこそ」、大河ドラマ「おんな太閤記」、銀河テレビ小説「となりの芝生」をはじめ、TBS「おんなの家」、日本テレビ「つくし誰の子」「たんぽぽ」、移民をテーマにしたNHK「ハルとナツ 届かなかった手紙」やTBS「99年の愛 JAPANESE AMERICANS」など手がけた脚本は数えきれない。

中でも1983年に放送されたNHK朝ドラ「おしん」は大反響を呼び、広くアジアでも放送される。2019（令和元）年4月、NHKBSプレミアムで1年間のアンコール放送が始まり、20代～90代まで幅広い年代に支持され話題になっている。また1990（平成2）年からスタートしたTBS「渡る世間は鬼ばかり」は国民的ドラマとなり、以来今も継続的に放送されている。NHK放送文化賞、菊池寛賞、勲三等瑞宝章などを受賞・受勲。1992年橋田文化財団設立、理事長に就任。2015年、脚本家として初の文化功労者に選出される。

著書に、『ひとりが、いちばん！』『夫婦の覚悟』（共にだいわ文庫）、『私の人生に老後はない。』（海竜社）、『安楽死で死なせて下さい』（文春新書）、『恨みっこなしの老後』（新潮社）などがある。

ブックデザイン：水戸部 功
写真：帯表／日本経済新聞社提供。その他全て著者提供
校正：あかえんぴつ
企画・編集：矢島祥子

人生《じんせい》ムダなことはひとつもなかった
私《わたし》の履歴書《りれきしょ》

2019年11月20日　第1刷発行

著　　者　橋田壽賀子《はしだすがこ》
発 行 者　佐藤　靖
発 行 所　大和《だいわ》書房
東京都文京区関口1-33-4　〒112-0014
電話　03-3203-4511
本文印刷　信毎書籍印刷
カバー印刷　歩プロセス
製　　本　小泉製本

ISBN978-4-479-01222-1
乱丁本・落丁本はお取替致します。
http://www.daiwashobo.co.jp